大活字本シリーズ

外山滋比古

おしゃべりの思想

埼玉福祉会

おしゃべりの思想

装幀　関根利雄

目次

何気なく使うことば

センセイ　12
「ぼくがァ――」　17
あらた、あたらし　23
ゾウは鼻が長い　28
オアイソ　33
オオアサリ　38

「サ」「ネ」「ヨ」 43
湯をわかす、 48
この手 53
「あぶのうございます」 58
「すわる」と「腰かける」 63
あたり木 68
「オーヤマゲッセン・ドン!」 73
「やっぱり」 79
タマムシイロのことば 85
山茶花 91
世相と形容詞 96

話しことばと書きことばはどう違うのか？

話し方　104
おしゃべりは〝神の授けもの〟　109
私語　114
聖書と名文　119
縦書き・横書き　124
テンとマル　130
語尾の処理　135
はじめか終りか　140

後記と奥付 145
難解な法律のことば 150
電報の笑い話 155
ふみの友 161
中国に渡った和製漢語 166
校正畏るべし 171
「お」と「ご」 176
繰り返し 181
「の」のふしぎ 186
主語はどこに？ 191
未亡人 196

質問　202

奥深いことばの世界は？

間のとり方　208
パネルディスカッション　213
命令形　218
死んだ比喩　223
好きなことば　228
「モモタロウ」の解釈　233
「フロート」　238

ふるさとのなまり 244
いろはがるた 249
コケコッコー 255
母国語 261
名前の変更 266
読みにくい名前 271
雑談の妙 277

おしゃべりの思想

何気なく使うことば

センセイ

昔の子は幼稚園へ行かなかった。小学校へ入って、いちばん最初に覚えたのは、〝センセイ〟ということばである。こどもは〝センセイ〟と呼んでいればよく、先生の名前など知らなくても困らない。当の先生が自分のことを「センセイが……」「センセイが……」とおっしゃる。

両親が、自分でも、おとうさん、おかあさんと言うのに似ている。

〝センセイ〟は第二人称、第三人称だけでなく、第一人称としても使うことができる。学校の先生にとって万能の代名詞だが、生徒にとって、そんなことはどうでもよい。

学校では〝センセイ〟がはんらんしている。生徒が使うだけではない。先生同士が〝センセイ〟で呼び合う。「○○さん」でよいところを「○○センセイ」とする。若い教師が年上の同僚を「○○さん」と呼んだりすれば、生意気だと言われかねない。

年上の教師が若い同僚を呼ぶのさえ「△△さん」ではなく「△△センセイ」である。生徒の手前、〝センセイ〟で貫こうというのであろうが、すこしうるさい。〝センセイ〟に食傷した悪童連は、〝センコウ〟ということばを考えだした。

〝先生〟とは読んで字のごとく、先に生れた人のこと。戦後、教師も労働者だという考えが広まったころ、先生は〝まずいきよ〟と読むのだという冗談があった。先に生れた、にしてもただの年長ということだけではなく、より先に勉強した人間の意である。

先生の対語は後生。「論語」に「後生畏《おそる》べし」とあって有名だ。年若い人は将来どんなにすぐれた業績をあげるかもしれない。おそるべき競争相手になる、軽んじることはできない、というのである。

先生は狭い意味では、学校の先生を指すが、広い意味では、医師、弁護士、芸術家、議員などにも用いられる。政治家のスピーチなどを聞いていると、仲間のことを年齢にかかわりなく、さかんに〝センセイ〟と言っている。教員そっくりである。

〝センセイ〟も多少、インフレ気味なのであろうか。若いタレントが、まわりの人に自分のことを〝センセイ〟と呼ばせているし、美容師さんが、いつの間にか〝センセイ〟になった。理髪師はまだそう言わないようだが、ぼやぼやしていないで早く〝センセイ〟になったらどうだ。お寺のおしょうさんも、いまは〝センセイ〟らしい。

日本語には、英語のミスター、ミス、ミセスに当る敬称がないといわれる。文字で書くときは「様」が男女平等に使えるから、むしろ英語などより便利だが、話すことばが問題である。「○○さま」ではべとべとする。そうかと言って「○○さん」では軽すぎる。〝センセイ〟ならすわりがいい。

文章の上でも、直接に教えをうけた師だけを先生と呼び、そうでない人にはたとえ目上でも氏を使うという建前を通している人もある。しかし、ふつうはなかなかそれほどはっきり割り切ることはむずかしい。

〝センセイ〟と呼ぼうか、どうしようか、一瞬、考えてから口にしている人がすくなくない。微妙である。

こういう〝センセイ〟のインフレに水をかける強烈なことばがある。

——先生といわれるほどのバカでなし。

「ぼくがァ——」

いつごろからか、はっきりしないが、こどもが、妙な調子でものを言うようになった。

「そうでーす」

ボウフラではないが、どうやら教室でわいた口調らしい。またたくまに全国に広がってしまったところを見ると、学校の教育はこれで案外、効果があがっているのかもしれない。

「でーす」調は、こどもが大人の前でものを言うときに使う。いわば公的発言の調子である。いくらかテレかくしの心理もこもっているし、半面、から元気のうつろな響きもまつわっていて、なかなか複雑な陰影がある。もうひとつ、気になるのが、

「ぼくがァ、きのうォ、こうえんでェ、あそんでいるとォ……」

式の言い方である。句切り句切りをりきんでひっぱる。きいている方は何となくバカにされたような感じがする。ある大学院の入試面接試験で、名前をたずねられた学生は臆するところなく、

「わたくしのォ、なまえはァ、○○○でーす」

とやった。試験官の老教授、憮然《ぶぜん》として「何たる日本語かね」とつぶやいた、という話だ。

いまや日本中、あまねく広まっているから、腹を立てだしたらきりがない。毎日のように憮然としなくてはならないだろう。

これもやはり教室原産のアクセントらしい。学校に女の先生がふえてから目立つようになったという。女の先生たちは教える。

「みなさん、語尾をはっきりしましょうね。小さな声では先生にはきこえませんよ」

従順な小学生は、先生のおっしゃる通りに、黄色い声をはり上げる。

「ぼくはァ、きのうォ……」

それを先生が、

「そう、はっきり言えました」

などとほめるものだから、生徒は調子に乗って、ますます語尾を変

「ぼくがァ──」

にきばるのである。

いまは昔、大学紛争のころ、ヘルメットのおにいさんが、マイク片手にわめき散らしたものだ。何を言っているのか、さっぱりわからないが、調子はまごうかたなく、小学生口調である。

「われわれはァ、なんとかかんとかのォ、なんとかをォ、どうとかしてェ……」

えらそうなことを言ってはいても、こどもの口調を忘れないところがいじらしい。ヘルメットの青年たちは、小学校の先生の教えにはなかなか忠実だったのかもしれない。

〝終りよければすべてよし〟と言うが、いまの日本人は語尾に敏感になっている。どうしてそうなったのかわからないが、社会の変化が一枚かんでいるように思われる。

もともと日本語は比較的小さな部屋の中で使われて発達してきた。戸外で話すには適しているとは言えない。演説は予想していないことばである。

ところが、近年の社会と生活様式の変化で、そうは言っていられなくなった。日本語は、うちの中から外へ出ようとしている。話し方も当然変わってくる。ことに、室内語の特色を豊かにそなえている女性のことばがまず変化しなくてはならなかった。

教室は建物の中だが、半ば「外」である。これまでの女の人の話し方では声が通らない。女の先生たちが声をはり上げているうちに、いつのまにか「でーす」「わたくしはァ」という口調が生れたのだろう。

「ぼくがァ――」

そして、それが若い人たちの日本語のリズムを支配している。

あらた、あたらし

「テロブク買って！」

デパートでこどもの言ったことばにそのお母さんがひどくこだわった。うちの子は何でもひっくりかえして言う。この間も公園へつれて行ったら、ツクツクボウシがないている。名前を教えたのに、あとでクツクツボウシだと言う。そうじゃないと何度なおしても、やっぱりクツクツボウシがぬけない。どこか頭がおかしいのではないかしら。

テロブクはいくらか珍しいが、クックツボウシならよくある例で、別におどろくことはない。もっとも有名なのは茶釜をチャマガというのであろう。これならこどもだけでなく、大人もうっかりしていると言いかねない。

ブンブクチャマガと何度とくりかえしていながら、ご本人は気付いていないらしい人に会ったことがある。ひょっとすると、この人いつもチャマガなのかもしれない（もっとも、いまどき茶釜のあるうちはない）。

そういう人をかならずしも笑えないのは、チャマガ式のことばで、りっぱに標準の言い方におさまっているのがあるからだ。

「あたらし」という語はもと「あらたし」であった。それが「ら」と

「た」とが入れかわって「あたらし」になった。いまでも「覚悟を新たにして……」などというときは「あらた」である。

一般に、チャマガ式の言い違いは、こどものように口がよくきけない、舌がよく廻らないときとか、大人なら、急いで言おうとするときに起りやすい、とされている。ほかにも、あいまいなことばでよく見られる。生半可に知っているが、ふだんはあまり使わない。そういうことばがひっくりかえしを起す。

託宣と言うべきところが宣託と逆転する。滝津瀬《たきつせ》と言わなくてはならないのに、滝瀬津としてしまう。外国のことばはことにあいまいになりやすい。エチケットがエケチットになる転倒は、かつてかなりひろく聞かれたが、このごろは影をひそめた。エチケットがやかましく言われるようになって、このことばが周知のものになったからであろうか。

ことばの記憶が頭の中でどうなっているのか知らないが、こういう言い違いから判断すると、音や文字が平面的に横に並んでいるのではないかと思われる。それを呼び出して口で言う、手で書くときに、つい順序がくるうのではあるまいか。

これは音の転換ではないが、校正をしていると、著者と著書の誤植によくぶつかる。読書と読者の入れ違いもすくなくない。「者」と「書」が音の似ていることもあって、頭の中の近いところにあるために混同され、誤植になるのであろうかと考えたりする。

チャマガ式のことはもちろん外国語にもある。しかも、日常ごく普通のことばにまでこの現象が見られるからおもしろい。

英語で鳥はbirdである。ところが、もとはbridであった。そのiとrが入れかわっていまの形になった。また、野球用語で半ば日本語になっているサードもこの仲間である。「第三番目」はもとthridであった。「三」がthreeだからこれは自然な形である。それに転換が起ってthirdになってしまった。もっともthridの方も十六世紀くらいまでは生きのびた。

チャマガのような音の入れかわりを言語学ではメタセシス（metathesis）と言う。日本語では音韻転倒、音位転換と言っているようである。

ゾウは鼻が長い

「お降りの方はございませんか」

という車掌用語が非難されたことがある。まだ都市に路面電車、チンチン電車が走っており、バスも〝ワンマン〟などといばらないで、バスガールが切符を切ってまわったころのことである。

このごろ、乗務員の口のきき方が乱暴になった。かりに、昔なつかしい車掌さんがいても、こんなていねいな言い方はしてくれないだろう。あれば、むしろ、感心だとほめられるかもしれない。

「お降りの方はございませんか」がいけないとされたのは、乗客への敬意が足りないというのである。「ございませんか」は「あるか」のていねいな言い方、ものではあるまいし、「あるか」はなかろう。たとえ、敬語をつかってはいても不届きだ。

「お降りの方はいらっしゃいませんか」とすべきだ。それが世間の声であった。新聞もこの声に和した。

その中にあって、天才文法家と言われた三上章が、「お降りの方はございませんか」でよろしいという意見を出したのである（『三上章論文集』〈くろしお出版〕）。三上は論拠を古典に求めた。『伊勢物語』には「昔、男ありけり」とある。『源氏物語』は「すぐれて時めき給ふありけり」（与謝野晶子訳「深いご寵愛を得ている人があった」）で始まる。人間に「ある」がついてすこしもおかしくない。むしろ人間につく「いる」の方が問題ではないか。三上はそう言って、

降りる人がある

降りるやつがいる

という例をあげる。また、おとぎばなしの、「むかし、むかし、おじいさんとおばあさんがありました」を、やはり童話風の語り口の、「うさぎとかめがおりました」と対比させてもいる。

三上は、はじめにあげたような車掌用語について、採点はこうだと

いうのを示している。○はよし、×は不可、△はその中間というのであろう。

○「お降りの方はありませんか」

×「お降りの方はいませんか」

○「お降りの方はございませんか」

△「お降りの方はいらっしゃいませんか」

この三上章という人は、日本国内でよりも、外国で知られ、高く評価された異色の文法家であった。大学は工学部を出て、高等学校で数学の先生をしながら、日本文法の研究を行なって、独自の業績をうちたてた。

なかでも〝ゾウは鼻が長い〟についての説が有名だ。長い間、主語が二つ重なった〝困った〟構文と考えられていた。三上は、それをしりぞけて、この構文はすこしもおかしくはないという。

〝ゾウは〟という部分は主語ではなくて、〝題目〟を示していると考える。〝ゾウというものは〟〝ゾウというものについて言えば〟という意味である。〝鼻が長い〟というのが全体〝述部〟だとする。

これによって、われわれは、〝わたくしはリンゴが好きだ〟というような言い方に対してもおどろかなくなった。

オアイソ

「おあいそ！」

と言って客が勘定を払って行った。いっしょにいた同僚が、おかしいじゃないか、と耳打ちした。それで注意していると、そのあとも、何人かが「おあいそ」と言う。しかも、いくらか通人ぶってそれを口にしているようでおかしかった。

「おあいそう」「おあいそ」「あいそ」は、もともと、客にサービスしようとする応対のことである。そこから転じて、客の払う勘定の意味でも使われるようになった。店が言うことばであることは、もとの用法からもはっきりしているが、いつのまにか、客も店といっしょになって「おあいそ、おあいそ」と言うようになった。

それがおかしいとも感じられなくなったのはなぜか。誤りだと目くじら立てるよりも、そちらの理由を考えてみる方がおもしろそうだ。

われわれは店へ入ると、どういうわけか、店に遠慮する。ことに、すこし名の通った食べもの屋などへ入ると、借りてきたネコほどではないにしても、ひどく神妙になる。店の人の言うことをいかにもありがたいように思う。向うが「おあいそ」と言えば、「おあいそ」と言わないといけないように気をまわす。王様のような消費者からすれば、まことに不思議なお客である。

お客がペコペコするものだから、寿司屋とか飲み屋などで、客に説教するおやじがあらわれる。しかられた客が、さすがにえらいものだ、とかえって感心したりするのだから世話はない。客は客らしく振舞うことを忘れる。

「おあいそ願います」

ではなくて、はっきり、

「お勘定願います」

と言った方がいいとすら思わない。

酒の肴を註文するときも、

「なにか、みつくろってて、もってきて……」

「なにか適当にもってきてください」

などと言う。とんでもないものをもってきたらどうするのか。そんなことは考えない。店を信用している。よもやひどいことはすまい。

値段のついた品書きにも、〝時価〟となっているものがある。それを見て、きょうの時価はいくらだ、ときく客はまれだ。見栄もあって、なんとなくききづらい。

寿司をにぎらせるときは、すべてが〝時価〟である。いくらかわからない。はじめての店では勘定がいくらになるか、いよいよ払う時になるまで見当もつかない。さすがに不安だという人がすくなくなくて、そういう人は、寿司はくいたいが、勘定がこわいといって我慢する。

食べもの屋だけのことではなく、われわれは何かというと〝よろしく〃と言って、相手に下駄をあずけるところがある。なるべくなら相手と同じ側に立とうとしているのであろう。客が店のことばを使って怪しまないのもそのため。〃われとなんじ〃の社会ではなく、〃われわれ〃の社会だ。

ある人がこういうことを言った。日本人は乗りものに乗るとすぐ居眠りを始める。これは日本が平和だからだ。ものをとられたりする心配はない、とたかをくくっているのだ……。

さて、みなさん、いかがですか。

オオアサリ

だいぶ前の話である。

豊橋で列車の時間を待って駅の中をぶらぶらしていると、構内売店のわきに、おとなのコブシくらいもある大きな貝がアミに入って売られていた。ビラに「渥美《あつみ》のオオアサリ」とある。

この名ははじめてきくが、姿には見覚えがある。三河湾の海岸に育った私たちの小さいとき、「オオ」あるいは「オウ」と言っていた貝だ。大きいから貝の王様なんだろうとこども心に勝手にきめていたが、オオアサリというのが本名？　だったのかと思いながらも、内心この名称に不満であった。アサリ特有の模様もなくにぶい灰色をしていて、どうみてもアサリらしくはない。

売子にどこでとれたのかときいたら、渥美半島の南の端、伊良湖《いらご》からくると答えた。ヤシの実が流れついたというあたりだろうかと想像しながら買ってきた。何十年ぶりの味は昔とすこしも変わっていない。そのときから、いちどオオアサリの本場、伊良湖へ行ってみたいと思った。

その後あるとき、仲間といっしょに知多半島から日間賀島《ひまかじま》を経て、渥美半島の伊良湖へまわる旅行をしてその宿願がかなった。お目当のひとつにオオアサリがあったのは、もちろんである。

一行のひとりが知多の南端、内海《うつみ》の旧家の出で、まず、そこへ泊めてもらう。そこでたまたま尾張名所図会を見た。オオアサリとおぼしきものの図に裏紫《うらむらさき》の名がついている。貝の内側はそういう色をしている。オオアサリの名より無理がない。

日間賀へ渡って、オオアサリのほかに呼ぶ名はないのかとたずねてみた。宿の人がウチムラサキが「正式な名前」だという。何を根拠にそういうのかしらないが、これはウラムラサキと同系の名前である。この島ではウチムラサキなら通用するらしい。

ついでに、宿の人に、本場は海の向うの伊良湖なんだろう、ときいたら、とんでもない、ここが本場で、あちらへはここから運んでいるのだと抗議された。

ずっと伊良湖のオオアサリとばかり思いこんでいたから、そう言われると面くらうが、それならそれでいい。湾内のあちこちでとれるのだろう。われわれのオオも、ここからずいぶんはなれたところでとれていた。

どこでとれるのかはともかく、私はなおオオという名にこだわりつづけている。

小さな図鑑にはオオノカイというのがある。はっきりしないが、どうも形はよく似ている。オオノカイがオオとなったのだとすると、はなはだおさまりがいいのだが……。

私の郷里、愛知県幡豆郡《はずぐん》ではオオと呼んでいたのに、同じ県内でもほかのところではだれもその名を知るものがなくて、はなはだ心細い。貝の知識があれば、オオアサリとオオノカイとが同じかどうかもわかるであろうが、かなしいことに、まるで無知である。この際、識者のご教示を仰ぐのがいちばんだと思いついて、ここにもち出してみた。

うっかり書き落すところだったが、この貝、二つに開く。焼いてすこぶる美味、赤だしの実にしてまたよし。図体はまこと大きいけれども、味は総身によく回っている。

いちばんうれしいのは、値段が比較的安いことである。

「サ」「ネ」「ヨ」

「それでサ、あんた、うちの近くのスーパー、知ってたわネ、あそこへ行ったのヨ……」

電車の中で若い女性が友だちらしい相手に話しているのだが、聞いているだけでもジリジリする。なぜ一気にしゃべってしまえないのか。一区切りごとによけいな合の手が入るから、ことばが流れない。口をせわしく動かしている割には話の進みはのろい。

もっとも、別に先を急ぐことでもない。ゆっくりおしゃべりを楽しむには、間《ま》をおいて、ほんのチョッピリだが、相手をじらす。軽いサスペンスの味も出る。話しことばには句読点がないが、〝それでサ〞〝知ってたわネ〞〝行ったのヨ〞のサ、ネ、ヨは文字で書いたら、さしずめ読点（、）に当ると言えようか。

こういうしゃべり方は、男女を問わず若い人に共通してみられるが、ことに女性にいちじるしい。例の、

「わたくしはァ、○○大学のォ、△△でェーす」

という語尾を力む口調とも一脈通じるところがありそうだ。

どうして、もっと自然に、なだらかに話さないのだろうか。なぜ、ぶつぶつ切って、しかも、終りのところにいちいちアクセントをおき

たがるのか。よくわからない。

ただ、こんなことを想像してみる。こういう話し方をする人たちは、テレどこか、ことばにハニカンでいるのではなかろうか。あるいは、それでたえている。一気に言い切ってしまうことにためらいがある。それでたえずブレーキをかけ、そこをテコにして先へ進む。だいたい話し出すとき、このセンテンスをどこでどう終らせるか、はっきりしていないことが多い。とにかく「それでサ」と切り出す。そこで考える。「スーパー、知ってたわネ」と続けて、また考える。まっすぐには進まない。

われわれには、会話しているとき、終りを怖れる気持があるのかもしれない。公衆電話でひとのかけているのを待っているとき、いつもいらいらする。もう終る、というところへ来ると、ひょいと別のことをもち出して、ひとしきりべちゃくちゃやる。こんどこそ終ってくれるだろうと思うと、また、新しいことを切り出す。電話を切るのが、こわいらしい。

そう言えば、われわれは日常、センテンス（文）をしゃべらない。たいていフレーズ（句）で間に合わせている。こどもに向って母親が呼ぶ。

「○○ちゃん、早くッてば。ごはんよッ。ぐずぐずしないで。さめちゃうじゃないの。何してるの。いやーね」

それでも家の中だとまだいくらかおだやかだが、外へ出ると絶叫の連続になる。それに呼応するのがマンガのせりふであろう。現代日本語の会話がぶつぶつ切れて持続しない根はかなり深いところにあるようだ。小さく切るくせに、終末を怖れるらしいのがおもしろい。
俳句には切れ字を入れることになっている。

古池や蛙とびこむ水の音　　芭蕉

の「や」はその切れ字のひとつ。表現の流れを切って詩的緊張を高める働きをする。切れて微妙につなげるのが切れ字である。
それとはもちろん性格は違うけれども、若い人たちの会話にも切れ字があるのではないか。切れ字には余韻、余情をかもし出す作用がある。「それでサ」のサにも一種の情緒がつきまとうのであろうか。若い世代も、あれでなかなか、伝統的語感に敏感なのかもしれない。

湯をわかす

「さきごろの二十号台風のとき、NHKの放送をきいていると、〝被害を受けた〟と言いましたので、不思議に思いました。〝損害を受けた〟とか〝災害をこうむった〟が本来の正しい用法ではないでしょうか」

読者の方からそういう質問があった。

〝被害を受けた〟がなぜおかしいのか。〝被害〟は〝損害を受けること〝である。つまり、すでに〝受ける〟という意味が含まれている。それを〝受ける〟とつづけては二重になる。〝損害を受けた〟ならおかしくない。〝災害をこうむった〟ならいい、というわけだ。

辞書を見ると、〝被害〟には、ただ〝損害〟という語義もある。もし、この被害＝損害を認めるならば、〝被害を受けた〟はおかしくなくなる。受ける意味のダブリが感じられなければ、はじめの質問者のような違和感は消えるだろう。消えないまでも、ずっと小さくなる。NHKの放送もかならずしも誤りだとは言えない。

被害の「被」をつよく考えるか、それとも「害」の方に注目するかによって語感が違ってくる。〝被害を受ける〟にひっかかるのは前者の場合だと思われる。

ことばというものは、なかなか、理屈通りに動いてくれない。〝湯をわかす〟という言い方をする。考えてみるまでもなく理に合わない。水をわかして湯にするのではないか。湯をわかしていれば、蒸発してカラカラになってしまう。そういって口をとがらせることもできるが、まじめになってそんなことを問題にする人はすくない。〝湯をわかす〟で通じる。みんなそう言っている。〝水をわかして湯にする〟などと言ったら、それこそおかしい。

この〝湯〟は〝わかす〟という動詞の結果をあらわしているから、〝結果の目的語〟などと呼ばれて、特別扱いされる。同じような表現の例に、〝墓を掘る〟がある。これも墓をあばくのではなく、土を掘って墓をつくるのだ。そういう言い方が面倒だから、つづめて〝墓を掘る〟とする。それに対して、すでに墓であるものを掘ってどうするのだ、と不審がる人もない。〝穴をあける〟も同じ表現法である。すこし微妙だが、〝火をつける〟や〝マイホームを建てる〟なども入れようと思えば、この仲間へ入らないこともない。こうしてみると、似たような言い方はずいぶんある。

そう言えば〝ころばぬ先のつえ〟にもひっかかるかもしれない。ころばぬようにというのなら、〝ころぶ先のつえ〟となっていいはずだ。〝ころばぬ先〟では、やはり意味が重複するが、使いなれてしまえば、おかしいとも思わなくなる。

あるところに、「落し物取扱所」という表示板が出ていた。さるつむじ曲りが文句をつけた。落し物とは紛失してなくなったものである。

ないものをどうして扱うことができるのか。落し物がひろわれたら、それは拾得物で、もはや落し物ではない。拾得物取扱所にすべきだ。そういう理屈であった。

ひろわれたり発見されて届けられた物を、落した人にかえすところを圧縮して、落し物取扱所とした。こう考えれば、とやかくいうほどのこともない。

慣用ができれば、ときとして道理もひっこむ。それがことばのやっかいなところであり、また、おもしろいところでもある。

この手

客「こういった種類のものはほかにはもうないんですか」
店員「ええ、この手のものはよく出ますので……。なんでしたら、こちらになさいましては……」
いつかデパートでそういう会話を小耳にはさんだ。それから、「この手」ということばに関心をもつようになった。気をつけていると、かなりよく使われている。客も言わないことはないが、売場の人の口から出る方がぴったりするようだ。それも男の店員。買いものをしていて、相当に年季の入ったらしい中年の係がちょっと声を落して、

「ことしはこの手のものがよく出ます」

と言うと、そのひとことで、どうしようかと迷っている客が心をきめる。早くしないと売れてしまう。買わないと流行おくれになるかもしれない。「この手」ははなはだよくきく。どこか玄人筋のことばのような響きをただよわせているところがミソ。

「六十番手の綿糸」というときの「番手」は糸の太さを示す単位だが「この手」と似たような用法である。「何番手の糸」ははっきりした専門語で、やはり、ある種のふんいきをもっている。

日本語に、外来語、あるいは、外来語もどきのカタカナ語がはんら

んしている、と言われてすでに久しい。その陰にかくれて、寒々しい漢字が大きな顔をしている。不思議と、それが問題になることはほとんどない。

思想をのべるとか議論をするときには、どうしても漢語的な表現が多くなる。それに、われわれには、まだ漢字のたくさん出てくる文章は、難しいことを言っている、高級なものである、と考える錯覚が抜け切ってはいない。

ことは、漢字が多いか、すくないか、ではない。ことばが実際の生活から遊離しようとしてはいないか、どうか、である。ことばの足が地につかなくても、気づかずにいる。それで、汗のにおいのしないことばづかいが多くなった。その点から言えば観念的な漢字の表現も外来語と同列である。

「この事実の認識が問題解決の前提である」

といった表現は外見はともかく中身は日本語ばなれしている。

「これがわからなければことは進まないだろう」

などとしては現代的でないように感じられるらしい。

「○○画伯の色彩感覚、すごくユニークだわ」

というお嬢さんには、

「あの絵かきさんの色の感じすばらしいわ」

がひどく泥くさく思われるだろう。若い人はわれもわれもと生活の影の薄いことばを使おうとしているように思われる。

手、足、目、口、耳といった体の部分をあらわすことばのまわりには日常的表現がたくさんある。たとえば、手が長い（盗みぐせがある）、手の切れるような（新しくてしわひとつない）札、手を抜く（すべきことをわざと怠る）、手を広げる（新しいことに進出する）、手が離れる（仕事を終わる、子どもが大きくなって手がかからなくなる）など、いずれもなかなか味がある。こういう言い方がだんだんすくなくなっている。

「この手のものが……」に興味を持ったのは、汗のにおいのすることばへの郷愁のせいかもしれない。

「あぶのうございます」

かつて、宇高連絡船で高松へ渡ったことがある。なれぬ早起きをしてきたので、頭がボーッとしている。晴れた日の海を眺めることも忘れて、半ばうつらうつらうつらしているうちに、船は着いた。

港が近づくと、乗っている人は降りる仕度をして「下船口」という札のぶら下がっているところへ集まる。並んで接岸を待つ。だれも口をきくものがない。朝が早いからなのか。それとも、いつもこうなのか、わからない。
ぼんやり、前方を見ていると、出口の頭の上に注意書きがある。

あぶのうございます
ホームや通路で走らないでください

「あぶのうございます」にこういうところでお目にかかるのは珍しい。寝不足の目が洗われる思いをする。〝危険です〟とするのが当世風であろう。もっとそっけなく言うなら〝危険！〟とするます手もある。それを「あぶのうございます」としてあるのがうれしい。いま船はしずしずと岸壁に横付けになろうとしている。その動きとも調和したやさしい響きをもっていて、こちらの心をやわらげてくれる。これで走り出す人もへるに違いない。

鉄道の高松駅では駅員が乗客にいちいち、「おはようございます」とあいさつしている。このあたりはどこの管理局に属するのか知らないが、ずいぶん、職員のしつけがいい。とりわけ、ことば遣いがていねいなのに感心した。

感心した余韻の中で、「あぶのうございます」という表現を反芻《はんすう》した。「あぶないです」とも言えないことはないが、どうもこなれていない感じがする。「です」を使うのなら「危険です」と名詞につけたほうが落着く。どうも、形容詞のあとにつく「です」が不安定である。日本語の泣き所。

いつか、同人雑誌の消息欄を見ていると、「……はすばらしいでした」ということばが何度も出てきてびっくりした。「みごとでした」「きれいでした」ならいい。「美しいでした」はいけない。「すばらしいでした」もよくない。

「すばらしいです」とは言うだろう。「美しいです」もある。「みごとです」「きれいです」はすわりがよろしい。「すばらしいです」はなんとか許されるのに、過去形の「すばらしいでした」はどうしておかしいのだろうか。

連絡船の注意は「あぶないです」という言い方をさけて、いっそうていねいな「あぶのうございます」としたのだろうか。これなら安定している。どんなにシケても、こういう船に乗っていれば危なくないと安心していられる。

それで思い出したが、いつかある人がこんなことを話してくれた。大学の入学試験で英語の和文英訳に「その花は美しい」といった文章が問題の一部にあった。それをかなりの受験生が“The flower beautiful”と述語なしの英語にしていたという。“beautiful”は「美しい」だから、これで「その花は美しい」になるものと思っているのかもしれない。日本語の形容詞がよくわかっていないからこういう誤りも起るのであろう。「危ないです」「すばらしいです」と言うときに感ずるためらいは、「です」が一般に使われ出してからの歴史が浅いことによるものかとも考えられる。

「すわる」と「腰かける」

「わたくしは窓ぎわのいすにすわった」

この文章は誤りだという人がいる。「いすにすわる」とはなにごとか。いすは「腰をかける」「腰をおろす」でなくてはいけない、というのである。

もとはそうであったかもしれない。ただ、このごろは、「いすにすわる」は誤りであるときめつけられなくなっている。

たとえば、『新明解国語辞典』の「すわる」には「ひざを折り曲げ腰をおろして席につく。〔広義では、あぐらをかくことも、いすに掛けることも含む〕」とあり、「いすにすわる」が許容されている。ちなみにこの辞書の動詞の説明は概してたいへんすぐれている。

英和の辞書ではsit（シット）に「座る、座っている、腰をかける〔かけている〕」という語義を与え、「すわる」と「腰をかける」を区別していない。英語を勉強しているうちに、「いすにすわる」という言い方がおかしくないように感じ出すのだろうか。

このごろはあまり見かけなくなったけれども、かつては列車に乗ると、はきものを脱いで座席にべったりすわってしまう老人がいた。その方がらくだといった。ああいう人たちは、腰かける、欧米風のすわり方を拒んでいたのである。あれこそ「腰かけにすわる」ということになる。

〝すわる〟と〝シット〟とがもともとはまったく違った動作であることは、ときどき思い出してみるべきかもしれない。それと同時に、「シット」のことを「すわる」と言ってもおかしくないようになってきたのはなぜか、と考えてみることも必要であろう。

「二人は握手して別れた」

という言い方はすこしもおかしくない。ところが、その〝握手〟がたいていは日本流である。つまり互いに手をにぎり合ったまま動かさない。それでは本当の握手、結婚式のシェイク・ハンドと違う。

ある牧師さんが新郎と新婦に〝握手〟をするようにと言った。二人は言われるままに、〝握手〟した。すると、牧師さんが〝ふって、ふって〟と小声で注意した。二人には何のことかわからずあいかわらず、手をにぎり合ったままじっとしていた。牧師さんはあちら風の握手をさせようとしたのである。

〝握手〟という文字にまどわされる。もとのシェイク・ハンドのシェイクは〝振る〟ことだから、シェイク・ハンドは〝振手〟になってもよかったが、これだとひとりで手を振る、別れのしぐさと混同するおそれがある。〝握手〟はなかなかの名訳だが、〝振る〟ことが伝わらない。日本人のシェイク・ハンドが相手の手をにぎりしめることに重点がおかれがちになるのは是非もない。

「いすにすわる」という言い方が許されるか、許されないかも問題だが、多くの人の、乗りものに腰をおろすおろし方がなっていない。どっこいしょ、と声こそ出さないが、体をぶっつけるように落下させる。スプリングの感触をたしかめようとしているのかもしれない。こどもみたいである。われわれはまだ、いすに腰かける作法を身につけていないことがわかる。

似たことはドアのしめ方にも言える。不必要にバタン、バタンとひどい音を立てる。

生活様式の外形こそは洋風化したけれども、立居振舞はまだそれになじんでいない。外国語の動詞を日本に古くからあった動詞でおきかえて知らぬ顔してきたことにも関係がありそうだ。

あたり木

若い女性ふたりが電車の中で話している。聞こうとしなくても聞こえる。

「わたし、おどろいちゃった。すりこ木買いに行ったの。すると、お店のおじさん、あたり木ですね、って言うんだもの」

「あたり木？　ナーニ、それ」

「わかんないじゃない。いいえ、すりこ木くださいって言ったの。すると、おじさん、では、あたり木ですね、と念をおすの」

「変なのね。どうした、それで」

「買ったわよ、すりこ木。帰って母にきいたら、昔はそう言ったんだって。いまでも、商売してる人は使うらしいわね。縁起をかついで、するは財産をすりへらす意味に通じるから嫌われるんですって。すりばちはあたりばち」

「それで、顔をそるのも、あたる、というのね」

「何ていう落語だったかしら、すずり箱のことを、あたり箱と言ってたわ。よほど、するのがいけないのね」

「そう言えば、うちのおばあさん、くだものの なしのことをいつもアリの実と言ってたわ。変なの、と思ってたけど、なしというのが不吉なんでしょうね」

「いろはかるたに、〝よしのずいから天（じょう）のぞく〟というの、あるでしょ」

「それ江戸系のかるたね。京のかるたの㋵は〝夜目遠目笠のうち〟、大阪では〝よこ槌《つち》で庭をはく〟って言うのよ」

「まあ、すごいッ！　学あるのね、あなた。その〝よしのずいから〟のよし、もとはあしという名だったんですけど、あし（＝悪《あ》し）では縁起が悪いからっていうので、よしになったんだって、うちの母が教えてくれたの……」

まだ、話はつづいているが、目的地に着いたから、未知のお母さんに敬意を表して席を立った。

このごろは忌み言葉もあまり使われなくなった。塩のことを、浪の花などと言っても若い人には通じない。死ぬことをナオルとか国がえと言いかえることもなくなっている。タラの腸《わた》のことをもとはこずこずと言ったが、正月の食べものとして用いるようになって、来ず来ずと聞えるのを避けるために、くるくる（来る来る）と改めた。それでもどこの国の話かというようになった。

結婚披露宴の席では、いまでも、「去る」「帰る」は禁句になっている。若い司会者も「これで披露のパーティはお開きにします」という。「おわります」ではまずいのである。

アフリカ南端の岬《みさき》は、はじめ〝ケープ・オブ・ストームズ〟（あらし岬）と呼ばれたが、その後、〝ケープ・オブ・グッド・ホープ〟（喜望岬）と変わった。船乗りは縁起をかつぐことで有名。〝ストームズ〟などという名前はとんでもない、となったのだろう。

太平洋の名は、その昔、マジェランがおだやかな航海ができたから、そう名付けたという伝説があるが、他方、波浪のはげしい大洋だから荒れないようにという祈りをこめて太平洋としたのだという説もある。

話はかわるが、あるサラリーマン、粗忽《そこつ》もので、ポケットのクシをたえず落とす。買うとまたすぐなくす。それを本人はむしろ喜んでいる様子――

「だって、クシ、苦と死を落すのはやく落しになりますからね」

「オーヤマゲッセン・ドン！」

「オーヤマゲッセン・ドン！」

このごろは道路で遊ぶのが危険なせいか、道を歩いていても、こどもたちのにぎやかな声を聞くことがすくなくなった。

昔、内田百閒が病気で入院している先生の夏目漱石を見舞った。その帰りぎわに、外でこどもが大勢、電柱につかまってガヤガヤ言っているのは、何といっているのかとたずねる。百閒は岡山の出身で、東京のこどもの遊びのことばをよく知らなかった。

すると、漱石は、〝いっさん、ばらりこ、残り鬼〟と言っているのだと、枕の上で節をつけて言ったそうだ（内田百閒「漱石先生臨終記」）。これはどういう意味か、だいたいの見当がつくけれども、中には何のことかわかりにくい遊びことばもある。

ずっと前のことだが、NHKのテレビで〝スポーツの今昔〟といった内容の番組があった。その中で東大野球部の元部長だった神田順治氏の話が記憶に残っている。

昔、こどもがかけっこをするときの合図に、〝ガッテンショー・ドン〟と言ったそうである。「用意！　ドン」に当るわけだが、これは、〝アテンション・ドン〟のなまった？　ものだという説明であった。

空港へ行くと〝アテンション・プリーズ〟（「お知らせします」）で

始まる英語の場内放送がたえずきかれる。ただ、アテンション（attention）と言えば「気をつけ！」という号令になる。「用意！」に当ることばとしてのアテンションがガッテンショーに変化したというのがおもしろい。

そのテレビを見ていて、私は自分のこどものことを思い出した。昭和三、四年の名古屋のことである。やはり、かけっこをするとき、われわれは、

オーヤマゲッセン・ドン

と言って走り出したものだ。こどものときについた口ぐせというのは消えないらしく、いまでも口についている。ガッテンショー・ドンの話をきいていて、オーヤマゲッセンもおまじないではなくて、英語

の化けたものかもしれないと思い出した。そう考えると、案外簡単に見当がついた。

オーヤマはオン・ザ・マーク（on the mark これは「位置について」に当る）の崩れたものであろう。ゲッセンはゲット・セット（get set「用意！」）のつづまった形ではなかろうかと当りをつけた。英語の辞書をひいてみても、スタートの合図に、オン・ザ・マーク・ゲット・セットという言い方がちゃんと出ている。それで、まんざら当てずっぽうでもなさそうだと自分だけでは納得した。

かりにこの推測が当っているとして、昔の名古屋のこどもがどうしてそういうハイカラ？　なことばを使ったのか。いったいどこから入ってきたのか。ほかの地方では何と言っていたのか。ガッテンショーはどこのこどものことばなのか。いろいろな疑問がわいてくる。

いずれにしても外来語が思いがけないこどもの世界にまではいり込んでいたらしい。近年、外来語が多すぎるといって問題になるが、こういう例はむしろすくなくなっているのではあるまいか。

〔オーヤマゲッセン・ドンについて〕たくさんの読者の方からはがきなどをもらった。〝オーヤマ〟をわたくしは〝オン・ザ・マーク〟としたのだが、〝オン・ユア・マーク〟のなまったものではないかという注意があった。東京では「オンヤマーク・ゲッ・セッドン」と原語に近い発音でやっていたという。広島高等師範学校付属小学校で大正十年に〝オンザマークゲッセット〟を教えた先生がいたというはがき

「オーヤマゲッセン・ドン！」

もあった。

「やっぱり」

テレビとラジオを先生にして日本語をひとりで勉強している来日間もない外国人が、ある日本人にきいた。

「テレビなどで、たえず〝やっぱり〟ということばがでてきます。どういう意味なのですか」

きかれた方は虚をつかれて、一瞬、たじろぎはしたものの、

「いいところに気がつきました。いろいろに使われて、たいへん微妙

な意味合いのことばです」

と前置きして、あれこれ説明してはみたが、やっぱり、どうもうまくいかなかった、そうだ。

あとで国語辞書を調べたら、これも、思ったほど役に立たなかった。代表的な辞書は「やっぱり」は「やはり」の促音化、とある。「やはり」を見ると「(副)もとのまま、前と同様に。なお。やっぱり」とあるだけ。これだけでは外国人はおろか、日本人にも、やっぱり、わからない。

そこで、語義説明に特色のある辞書をひいてみた。これはていねいだ。

㈠(何かしてみたものの)結果が、以前(他の場合)と同じであ

る様子

㈡　違うことが一応は期待されたが、結果的には普通に予測される通りであった。

㈢　期待される所を裏切らない様子。

と三通りの用法による語義分析をして、それぞれに用例をあげている。これなら辞書らしいと言ってよい。

国語辞書には〝字引〟があまりにも多い。ただ言いかえだけしているのだ。後者のような辞書は例外的である。

そのため、日本語を勉強する外国人はひどい苦労をなめている。国語の辞書が当てにならないから、和英辞書をひく。文化国家などと言っている手前、何とも、恥かしい話だ。

和英辞書はどうなっているかと思って、代表的な大和英辞典で「やはり」をひいてみる。

㊀　また、同様に

㊁　依然として

㊂　けっきょく

㊃　……にかかわらず

それぞれに英訳がついているから、これらの説明もただの言いかえには終っていない。しかし、前にあげたような国語辞書があらわれてくると、和英辞書も本格的な語義分析をしなくてはならなくなるだろう。

こういう辞書にある意味とは違った使われ方もしているのが「やは

り」「やっぱり」だ。語呂のために、たいした意味もないのに使われることばはどこの国にもあるが、日本語ではとくによく発達しているように思われる。意味らしい意味のないことばがほしいのだ。

「どうしても行きます」というのでは調子がきつすぎる。

「やっぱり行きたいと思います」

なら当りがやわらかになる。ちょっとテレた気持も顔をのぞかせていて愛嬌がある。

こういうほとんど意味のない口ぐせのことばをわれわれはいろいろもっている。ちょっと頭に浮ぶものだけでも——、
どうも（どうも）、とにかく、つまり、要するに、いわば、どちらかというと

などがあるが、いちばんよく使われるのはとなると、やっぱり、

「やっぱり」か。

タマムシイロのことば

旅先の宿舎でぼんやりしていたらテレビから「タマムシイロの……」という声が流れてくる。そのことばにひかれて、何のことかと注意すると、ＮＨＫのニュースだった。

はじめの方をききもらしたが、米価審議会が生産者側と政府側の両方の顔を立てる答申をしたらしい、とわかる。そのどの部分が玉虫色なのか、説明されて、なるほどと思った。

翌朝見た新聞には玉虫色とは書いてない。テレビとは解釈が違うのだろう。それはいい。不思議に思ったのは、その新聞が答申そのものをのせていないことだ。ほかの新聞でやっと答申を読むことができた。それによると米価は、

「米需給均衡化対策を遂行しつつある事情を考慮し、生産費、所得補償方式により、慎重かつ適正に決定すること」

とある。この「慎重かつ適正に」というところが二重に読まれるらしい。生産者側では、これで政治加算への糸口をつかんだとし、政府側は大幅な加算の歯止めができたと考える。双方とも、中位のめでたさ。それが玉虫色の表現というわけだ。

そういう説明をきいてもなお、事情にうといものはキツネにつまま

れたような感じである。ところが、このごろ、この玉虫色の解決という手がよく使われる。利害の対立する当事者同士が、もみにもんだあげく、何とかこぎつける妥協は、両者の顔を立てて、ふた通りに解釈できる表現になるほかはない。労使間の紛争収拾にもよく玉虫色の声明が出される。どちらも〝勝った〟〝勝った〟と言う。それを承知の結論である。

ごまかしだ、たして二で割る日本式手打ちの悪い例だというきびしい見方もあるが、まんざらすてたものでもない。日本語の感覚にもなじむ。

日本人はよく外国人から「イエス」「ノー」がはっきりしないと批判される。はっきりできるものなら、はっきりさせたがいいに決まっている。ただ、現実には、はっきりさせたくても、はっきりさせにくいことがある。それを無理に決着をつければ、おもしろくない副作用をともなう。あいまいにしておいて、わかることは自然にわかるという成り行きにまかせる。それもひとつの知恵である。

お互いそういう人間だからこそ、神社へ参拝した足で、お寺へおまいりすることもできる。同じ部屋に神棚と仏壇が同居していてもおかしいと思わない。一神教にもすぐれたところがあるが、八百万《やおよろず》の神々のましますす多神教もけっこうおもしろい。神と仏を混淆《こんこう》して信仰するのもひとつの習俗である。第三者からとやかく言われる筋はない。むしろ、そこに、ものごとに悪く執着しない、おおらかさを認めることさえできる。

すこし話は飛ぶけれども、俳句なども玉虫色の表現を喜ぶ心理がないと成立しない芸術であろう。

岩鼻やここにもひとり月の客　　去来

師匠の芭蕉から、どういうつもりで作った句かときかれた去来は、月を見ようと岩鼻へ出かけてみるとすでに先客がいた。それをよみました、と答える。芭蕉は、それより作者自身が月見をしているところへほかの人が近づいて来た、「その人」に対してここにもいますよ。と自分のことにした方がずっとおもしろいと評した。去来は深く感じ自分の作意を撤回した。

この句に限らず、玉虫色の俳句はいくらでもある。玉虫色の解決はそういうことばの伝統を背後にもっているのである。

山茶花

「南国に来て、身近に山茶花を親しむようになりました。冬の唯一の花です。発音からいくと、茶山花《サザンカ》と書くのが正しいのではありませんか」

以前年賀状の中に、こういう添え書きのあるのがあって、目を留めた。これまで不思議に思ったこともなかったが、言われてみれば、なるほどおかしい。

はがきの主は森村稔氏。日本リクルートセンター関西支社の最高幹部として、東京から大阪へ移った。それで「南国へ来て」となる。ことばについても鋭い観察者で、教えられることがすくなくない。これもそのひとつ。年賀状だから別に返事を求められているわけではないが、放っておけない気持になる。

このごろの年賀状は印刷した冷たい文字が並んでいるだけのが多いが、一行でも二行でも、手書きの文章があると、何とも言えない温かさを感じる。ましてそれがありきたりの文句でなくて、さきのようなことばであれば、なおさらである。

どうして、茶山花でなくて山茶花なのか。まず手もとの国語辞書をひいてみる。

「さざんか〔山茶花〕(字音サンサクヮの転)ツバキ科の常緑亜喬木。四国・九州の暖地に自生。高さ約三メートル。葉は楕円形で厚い。秋から冬にかけて美しい花を開く。八重咲と一重咲とあり、また、淡紅・濃紅・白色など園芸品種が多い。種子は大きく、油を取る。材は細工物にする。ヒメツバキ。漢名、茶梅」(『広辞苑』第二版)

ほかの国語辞書もこの範囲を出ていない。ただ、『国語新辞典』に〔Theasasanqua〕という学名らしいものがあがっている。もっとも、『牧野日本植物図鑑』によると、学名は *Camellia sasanqua* である。学名はともかくとして、〈さざんか〉は〈さんさか〉から変化したものであることには異論がないらしい。学名も変化した形によっていることがわかる。

山茶花は俳句の季語だから、歳時記をのぞく。講談社の『俳句歳時記・冬』には、

「ふつう〈山茶花〉と書くのは誤りで、正しくは〈茶梅〉と書く」とある。〈茶梅〉をさざんかと読むのである。〈茶梅〉は『広辞苑』にもあるように漢名だが、〈山茶花〉という書き方を誤りとしているところが注目される。理由はしるされていないが、森村説と同じように、音と合致しないということだろうか。

どうして〈さんさか〉が〈さざんか〉〈さざんか〉に転じたのか。考えられるのは、音位転換（メタセシス）である。この現象はまえにもとりあげたが、たとえば、「あらたし」が「あたらし」となるように、二音の位置のひっくりかえることを言う。急いで発音したりする

ときに起りやすい。口のよく廻らないこどもにも「ちゃがま」を「ちゃまがし」とするような例が見られる。

〈さんさか〉が〈さざんか〉に転じた場合、かななら、そのとおりを表現するほかはない。ところが、漢字名の方は、もとの山茶花のままであるから、食い違いができる。漢字でも、茶山花と転換してもよさそうなものだが、そうはなっていないのだからしかたがない。もっとも、変えれば意味がおかしくなる。その不合理を森村さんはついているる。漢字のからまるメタセシスは興味ある問題になりそうである。

山茶花の垣一重なり法華寺　　夏目漱石

世相と形容詞

学校の先生たちの書いた文章をいくつも読んで気がついたのだが、〝豊かな〟ということばが実によく出てくる。よほど〝豊かな〟が好きなのだろう。〝豊かな言語感覚を育てる〟教育はどうすればよいのか——そういったのがいま、研究会などでもっとも魅力あるテーマになるらしい。

〝ゆとりのある〟という修飾語も同じようによく使われる。これは

〝豊かな〟の親類のような気がする。数年前にはむやみと〝創造的〟ということばを振りまわした学校教育が、最近は〝豊かな〟〝ゆとりある〟ものを目指すように方向転換したのかもしれない。

あるつむじ曲りがこんなことを言った。学校の教えるのは記憶一点張り、まことにもって非創造的だ。それをカムフラージュするために〝創造的〟を合言葉にするのであって、本当に創造的な教育をしようとしていると考えてはとんだ見当違いになる。うんぬん。

また、日本人の好む形容詞に〝さわやか〟がある。日常、気をつけていれば、いくらでも〝さわやか〟になれる。ところが、まわりの現実はすこしもさっぱりしていない。いやなことがあってうっとうしいのは別にしても、梅雨時から夏にかけてのむし暑さはどうだ。

さっきの、つむじ曲り氏の論法ですれば、高温多湿の気象に悩まされているお互いだからこそ、〝さわやか〟を好む、ということになる。

さらにその伝で行くと、〝豊かな〟〝ゆとりある〟教育という掛け声がはやるのは、いまの学校がいかに貧しく、あくせくしているかを物語る証拠だとも考えられる。

こうして見ると、その時代に人気のある形容詞は世相の裏にひそむ社会心理を反映していることがわかる。もっとも、それをそのままあらわしているのではなく、ひとひねりして映し出しているのがおもしろい。

昔の人はいまの人間ほど形容のことばを多く使わなかった。古い時代の文章には妙な飾りがすくない。名詞と動詞だけを投げ出すような文章もあって、それでいて力づよい表現になっている。時代が下るにつれて名詞を修飾する形容詞が多くなる。動詞を修飾する副詞も多く使われるようになる。

社会の発展と修飾語の発達との間にはある種の相関関係があるように思われる。衣食足って礼節を知る、というが、衣食足ると修飾のことばを知る、というのであろうか。

文章を書きはじめのころは、どうしても、形容詞が多くなりがちだ。なるべく形容詞を削るようにせよ。多くの文章指導がそう教える。実際、よくきいていない修飾語を削り落すと、文章がきりりと引きしまる。

いつどこで覚えるのか知らないが、われわれは飾れば文章がよくなるような錯覚にとらわれているらしい。気をつけてみると、かなりの形容詞、副詞が遊んでいる。

先年、よく「玉虫色の〇〇」という言い方が使われた。二色、三色に解釈できる意味で、戦後できたことばであるのかもしれない。その後は〝灰色（の）〟によくお目にかかる。本人は白さも白しと胸を張るが、どうもあやしい。しかし黒ともきめかねる。それが〝灰色〇〇〟である。同じ色のことばでも、〝玉虫色〟に比べて、こちらはいかにもさえない。また、このごろは〝不透明〟が好まれる。暗い世の反映か。

どの時代にも、口ぐせのようによく使われる形容がある。これは世の中の空気をさぐる手がかりになる。おひまな方はコマーシャルにあらわれる修飾のことばをお調べになってはいかが？

話しことばと書きことばはどう違うのか?

話し方

「けさの校長先生のはなしよかったよナ」

うちの前を道草をくいながら帰って行く小学生のひとりが言った。

あの学校の校長さんは話がうまいのかな、と思う。

「あんなに短くすむことないもんナ」

もうひとりが相づちを打つ。なんだ、そういうことだったのか。話なんかなければ、それに越したことはないが、そうも行かないから、つらいのである。

アメリカ人が冗談に言うらしい。

「ナニ？　ニホンジンノスピーチガアルッテ？　ソレナラ、イノクスリ、モッテカナクチャ」

食後に卓話がある。日本人だと、おもしろくもおかしくもないことをだらだら話す。退屈なのはがまんするとして、食べたものが消化しない。薬をもって行け、となる。

外国語なのだから、おもしろいことが言えなくてもしかたがないではないか、と弁護したいが、ニホンジンだけそういうことを言われるのだから、不名誉である。

母国語だって決してうまく行っていない。結婚式の披露宴でお祝のことばをいくつもきかされる。せっかくの料理がまずくなるような話が多いから、お互いに馬耳東風とききながして、ひたすら食べることに専念する。本当にきいている人はすくない。

ひとさまのことは言えない。自分でしたスピーチもあとで思い出すたびに冷汗の出るようなしろものである。もうすこし何とかならないものか。毎度のことながら、そう思って、情けなくなる。

われわれはおしゃべりならする。えんえんととりとめないことを話す。

ところが、人前で改まった話をするのがへたなのである。よく考えもしないで話し出す。つっかえると「エー」だとか「アー」だとかの合いの手が入る。すこぶる耳ざわり。きいていて、つかれる。

出だしはよちよちしているくせに、はずみがつくと、こんどは止まり方がわからない。ブレーキがこわれている。ハタ迷惑、物騒千万である。

ふだんおとなしい人が大勢を前にすると上がるのか、自分で自分の声に興奮して、とんでもないことを口走る熱弁家もある。

話をきいていて、ついつり込まれ時のたつのを忘れるというような経験がほとんどない。お互いにこれがどんなに大きな不幸であるか、考える人もないようだ。

ひとの話はおもしろくないものときめているから、ろくにきいていない。上の空である。勝手なところだけつまみ聞きして、あとは自分に都合のいいような解釈をする。言ってもいないことが、言ったように伝えられて、やっかいなことになる。「もの言えばくちびる寒し秋の風」

戦前の人なら、ニュース映画などで見たヒットラーの熱弁をおぼえているだろう。獅子吼《ししく》という語がぴったり。聴衆が熱狂的に叫ぶ。そういう図を見て、われわれはそれこそ遠い国のことだと思った。

ところが、そのヒットラーは演説がうまくなるために個人教授を受けていたという。獅子吼にもモトがかかっていたのである。

ヒットラーのような雄弁家が続々あらわれては物騒だが、ユーモアのある話ができるようにはなりたい。テレビは話し方講座を開いて、この国民的欠陥の是正に乗り出してはいかが？

おしゃべりは〝神の授けもの〟

「おんなのひとは、だいたい、おしゃべりにできていますね」

お母さんたちの会で、ひとこと、そう言ったら、会場のみなさん、どっと笑った。このごろの女性はよく笑ってくれる。かつてはこういうとき、サッと座が白けた。笑ったりするものか、という顔をした。

世の中は、やはり、すこしずつ、よくなっているのではあるまいか。おかげで、気持よく、女性の言語能力を展開することができた。

女の子の方が、男より早くことばを覚える。そういうことわざ風の文章を英語で何度か見かけたことがある。どこでもそうなのか、と納得した。中学生が英語の勉強を始める。するとたちまち、女子が頭角をあらわす。ことに、発音では、女子は男子とは比べものにならないような進歩を見せる。

外国語がうまいだけではない。

いつか、何人かの男子高校生と話し合ったときのことだが、かれらはクラスの女子とは議論しない、と言う。どうしてか、とたずねたら、言いまかされてしまうからだ、と答えた。男子と女子がグループで言い合いをすると、たいてい男子がやられてしまう。

「とにかく、すごいですよ」

男の子が感心しているのか、あきれているのか、わからない調子で言った。

女の長電話というが、これはこのごろ、男も負けてはいない。むしろ、こちらの方が始末が悪い。きかされている方がヘキエキする。それにひきかえ、女どうしの長電話はみごとだ。互いにわれを忘れて陶酔する。

テレビの奥さま参加番組へ出るご婦人を拝見していると、どうして、こんなにさわやかに、にこやかに、思ったことが言えるのか、不思議に思われる。このごろ女の人は人前で話すのが実に上手である。そこへ行くと、男は相変わらず、改まったところへ出ると、コチコチに上がってしまう。

〝うわさ話〟のことはゴシップという。英語でゴシップの歴史をさかのぼると、〝おしゃべり、うわさ話のすきな女の人〟というのが出てくる。さらに語原をたずねると、〝神にかかわりをもつもの〟つまり、名づけの親、教父母という宗教的意味に行きつく。ゴシップは案外、神聖なことばであったらしい。

こうしてみると、女性のおしゃべりも、あだやおろそかにはできない。ひょっとすると、神から授かった才能ということになるかもしれないのである。神様はどうして女性にだけおしゃべりの能力を豊かにお与えになったのか。

母となるからである。赤ちゃんの最初のことばの先生だからである（もっとも、それを自覚しているお母さんはほとんどありませんがね、と言うと、お母さんたちは、また、笑った）。赤ん坊はことばをまったく知らない。くりかえし、くりかえしことばをきいて、すこしずつ覚える。

お母さんが、無口だと、赤ちゃんはたいへん迷惑する。覚えたくても、教材？　が不足して覚えられない。そういうことになっては困る。何はともあれ、生れてくるこどものためには、おしゃべりをしてもらいたい。そういう神のおぼしめしで、女性に多弁、能弁の素質をお授けになった。

その才能を長電話などだけに使って、子育てには活用しないでいると、いずれ神罰がくだるでしょう。そう言ったら、聞いているみなさん、また、明るく、どっと笑った。

私語

教室で何がいちばん気になるか、ときかれたら、たいていの教師が、授業中の学生の私語だと答えるであろう。

講義をしていて、ここはすこしやっかいな説明になりそうだと思いながら、緊張して、ことばを改めようとする。そういうときに限って、コチョコチョとしゃべる学生がいる。それに気をとられると、考えが散る。

教室のおしゃべりは感染するらしく、あちこちでひそひそやりはじめる。女子学生に多い。注意をすると、何で悪いのかという顔付きである。

いつだったか小学校の授業参観へ行ったら、お母さんたちがうるさくしゃべっている。落着いて見ていられないくらいだ。授業中の教室へたくさん大人が入っているだけでも、こどもにとってどんなに迷惑かしれない。それはまあ、たまのことだから勘弁してもらうとしても、せめて、絶対静粛くらいは守らなくてはなるまい。しゃべるのは論外である。授業とまるで関係のないことまで話している。

あんまりあきれたから、新聞のコラムに、こういう母親には授業を見せてもらう資格がない。音楽会で演奏中にああいうことをしたらどうなる。気をつけてもらわないと困るではないか、と書いた。
するとめずらしく未知の読者から抗議のはがきや手紙がいくつも来た。黙って見ているだけが能ではない。疑問があったら話し合ってこそ実り多き参観になる。音楽会の聴衆とはわけが違います。そういった調子のものばかりだから、またまた、あきれた。

わたくしの教室で、こそこそ、ひそひそしゃべっている才媛たちも、やがてはああいう教育ママになるのであろうか。そんなことを考えるともなく考えていると、しかけの説明なんかどうでもよくなってしまう。いっそのこと、授業をよして、帰ってしまいたい。

それくらい教師というものは気が小さい。よく言えばデリケートにできている。先生にいい講義をしてもらいたかったら、学生は静かにして、協力することだ。どんなに腹ふくるるわざであろうと、私語してはいけない。ほかの人がしゃべったら、それとなくけんせいするくらいのふんいきがほしい。

イギリスのことわざに「こどもは見られるべし、聞かれるべからず」（Children should be seen and not heard.）というのがある。大人が話している間、そばのこどもはよけいな口をはさんではいけないと教えたものだ。

われわれの家庭では、そういうしつけをしない。それで、ひとの話をいい加減に聞く。何か思いつくと黙っていられなくて、すぐ口をきたくなる。しゃべっていれば、その間は耳はお留守になってしまう。

相手の話をよく聞かないで、自分勝手なことを言うのを自由とはき違えている人がすくなくない。対話というのが多くは言いたい放題を言い合うだけだから、話し合ってもわかり合うことはすくない。

われわれはもっと禁欲的なきき手にならなくてはならないだろう。話しべただといって悩んでいる人はあるが、ききべたを自覚している人がほとんどない、のもおもしろい。

相手が話し終るまでは、どんなことがあっても、口をきかない。これは電話でも教室でも同じである。ところが、これすらわからぬ大人があまりにも多い。

こういうクセは、どうやらテレビでついたらしい。テレビを見ながら、勝手なおしゃべりをするのはどこの家庭でも似たりよったり。自分たちの言いたいことの方が大事だと思っている。

聖書と名文

ある北欧の言語学者が、新しい外国語の勉強を始めたかったら、そのことばの聖書を買ってこい。そう言っているのを読んで、なるほどと感心したことがある。マタイ伝などならだれでも内容を熟知している。辞書や文法書がなくても何とか見当がつくというわけだ。

それはヨーロッパ語同士のこと。しかもキリスト教徒でないと通用しない話である。改めてキリスト教国が共通の文化で結ばれていることを思い知らされ、ちょっぴりうらやましくなる。

十九世紀のイギリスにジョン・ラスキンという思想家がいた。わが国でも明治の英学生には親しまれた名前だが、ひところは忘れられようとしていた。それが近年になってまた新しい評価を受け注目されている。

おもしろいのはラスキンがすでに公害問題を真剣に考えていたことで、おそらく世界で最初だろうという。環境論の先駆的思想家として見直そうとする気運もある。

そのラスキン、なかなか、どころか、たいへんな文章家である。思想家には難解な悪文を書く人もすくなくない。どうして、ラスキンが流麗な文章を書くようになったのか。どこかに秘密があるに違いないとねらいをつけていたが、それらしいものが見つかった。

ラスキンは文字が読めるようになるとすぐ、母親から聖書をもらった。そして毎日かかさず、母といっしょにこれを朗読した。一年で新約と旧約の両方を完全に読み上げたという。毎日、相当な分量を読んだに違いない。この母子の聖書朗読はずっと続けられ、そのおかげであろう、ラスキンは聖書のかなりの部分を暗誦できたとも言われる。

ラスキンの文章の根底には聖書があったのである。お母さんは息子に聖書の〝素読《そどく》〟をやらせたことになる。

同じくイギリスで、ラスキンよりさらに二百年前に、ジョン・バニアンという人がいる。『天路歴程』という本が日本でも有名である。

この人は教育らしい教育を受けていない。ただ聖書をくりかえし読んで、りっぱな文章が書けるようになったと伝えられている。聖書はことばのお手本としてもありがたいものであることがわかる。

一方、いまのわれわれの国では、きわめ付の文章がはっきりしない。何を目標にしたらよいのか。みんな迷っている。明治時代までは四書五経の素読が行なわれて、日本語の文体にある統一を与えていた。素読がすたって久しいが、その穴を埋めるものはいまだに、ないままである。

それでも、国定教科書のあったころまでは国民のすべてが同じものを読むことができた。ハナハト読本の世代だ、いや、サクラ読本だというような冗談が言えた。

戦後は日本人のすべてが読む文章がほとんどなくなってしまった。

教科書もさまざまだ。名文とはどういうものかについても国民的合意がない。

ラスキンは聖書を読んだが、わが国のすぐれた思想家は立川文庫で読書の目を開かれたと告白しなくてはならない。ことばの基本があやふやなような気がする。戦後はそういう読みものすらない。

雑然として統一に欠ける。それが日本の文章の現状だが、一概にこれをいけないときめつけることもできない。島国のことばは妙に凝り固まるよりは、多少は散らかっていた方がおもしろいかもしれない。

縦書き・横書き

先年、入学試験の国語の問題を横書きにして出した大学があって世間を驚かせた。しかし、この大学は決して突飛なことをしたわけではない。

公文書は横書きときまっている。お役所のつくる書類はそうしなさいという規則があるからだ。「公用文作成の要領」（昭和二七年四月四日内閣閣甲第一六号依命通知）には、

「一定の猶予期間を定めて、なるべく広い範囲にわたって左横書きとする」

とある。これに「執務能率を増進する目的をもって……」の前書きがついている。どうして横書きにすると執務の能率がよくなるのかわからない。縦書きでは能率が下がる理屈になるが、おかしいと思うお役人はなかったのだろう。

大学入試の問題も公用文に準ずるものと考えれば、横書きが当然で、能率も増進できるかもしれない。

横に書こうと縦にしようと文章に変わりがあるものか。そういうノンキなことを考える人が多いのであろう。日本語は横書きではおかしいという声をほとんど聞かない。

日本語の文字はもともと縦に書き読むようになっている。立っているものを勝手に寝させて、「どうだ、この方が楽だろう能率的だ」とはなるまい。

漢字は横の線が重要である。日目月自、木本未末禾、鳥烏などを見ても、文字の区別は横の線だけでついている。

なぜか。縦に読むからである。読むには視線の方向と直角に交わる線がもっとも目に入りやすい。縦に読む文字では横線が主軸になっていなくてはならない。漢字はちゃんとその理にかなってできているのだ。

これを横に並べて横から読めば、横線は目の走る方向と平行になってしまい、見にくくなる。

ヨーロッパ語は横書き横読みときまっている。アルファベットで縦の線が主になっているのはこれまた合理的である。nとmとは縦線ひとつで区別される。

いちばんはっきりしているのは数字。和数字の一、二、三に対してローマ数字はⅠ、Ⅱ、Ⅲである。まったく同じ形をしているのに、向きが違う。読む視線と直角に交わるようになっているのだ。偶然ではない。

アルファベットを縦に並べてみるとどんなに読みにくくなるか。ヨーロッパの人はだれもそんな酔狂なことをしようとはしない。

ところが日本では大昔から立っていた漢字を無理に横にし、それで事務能率がよくなると考えるのだからおもしろい。

縦書きはどことなく古くさい、横書きの方が進歩的だというような印象をもっている人もいるらしい。その根拠が何であるかはっきりさせておく必要があろう。

横書きの漢字は読みにくい。眼に悪い。視線と平行の字画を見落さないようにすれば眼の疲れるのは当り前で、日本人の近眼はこれと関係があるのではあるまいか。

同じ文章でも横組みの印刷で読むか、縦組みになったのを読むかで感じが違う。その差もわからぬようではお話にならない。

ついでだが、ペンや万年筆は縦線を書くのに適している。つまり、横線の多い漢字には無理があるということだ。しかるに明治以来、万年筆をありがたく使ってきて文句を言う人もなかった。不思議である。

ボールペンがあらわれて、やっと救われた。タテかヨコかはこれでなかなかやっかいだ。

俳句か短歌を横書き、横読みにするようになるか。そんなことを考える閑人はいないのだろう。

テンとマル

結婚披露の招待状などに句読点（。や、）のついていないことがある。もちろん、ついているものも多い。なぜまちまちなのか、あまりこだわる人もない。われわれは句読法について関心がうすいのであろうか。

日本語ではもともと、まともな文章には、テンやマルをつけなかった。毛筆で書く手紙にはいまでもつけないのが普通である。印刷された案内やあいさつ状も、筆で書いたと同じように改まったものなら、句読点をつけないでよいわけだ。つけない方が正式になる。

戦前に制定された法律の条文も句読点がついていない。公式の表現としてこれが威厳をもつと思われたのであろう。民法第四条は、「未成年者カ法律行為ヲ為スニハ其法定代理人ノ同意ヲ得ルコトヲ要ス但単ニ権利ヲ得又ハ義務ヲ免ルヘキ行為ハ此限ニ在ラス」となっている。句読点だけでなく、濁点さえついていない。ところが、たとえば学校教育法第五十八条（大学の職員）第五項には、「教授は、学生を教授し、その研究を指導し、又は研究に従事する。」とある。しろうとが見るとわかりにくいが、句読点をとってしまったら、いっそうわかりのわるい表現になろう。

同じ六法全書の中に句読法について二つの様式が共存しているのは、なかなかおもしろいことだ。

句読点をつけない例として、このほかに、新聞記事の見出し、本の表紙、扉、奥付けの表記などがある。

外国の詩に、散文と同じような句読点がついているのを見ると、そんな目ざわりなもの、とってしまったらどうだと思う。われわれの短歌や俳句にテンもマルもなくて、足まわりがすがすがしいのになれているからからかもしれない。日本の詩歌でも近代詩、現代詩には句読点がある。

元来、句読点は読む人の理解をたすけるためのもの。相手を尊重し、立てるならば、そういういわば手引きをつけるのは失礼になる。正式な表現に句読点のないのは当然である。

いまの句読法が日本語で確立したのは、ようやく明治三十年ごろだったという。それからまだ百年ちょっとしか経っていない。はじめは外国語の翻訳に刺激され、つくられたものであった。そのことさえ知らない人がすくなくない。

句読法には修辞的なはたらきと文法的なはたらきとがある。修辞的とは文章の調子にかかわるものであり、文法的とは論理と意味にかかわることである。

「私は、朝、七時に起きて、八時に家を出た」

「私は朝七時に起きて、八時に家を出た」

この二つの文の違いは修辞上の問題である。それに対して、

「彼は、涙を流して再会を喜ぶ友人の手をにぎった」

「彼は涙を流して、再会を喜ぶ友人の手をにぎった」

ここでは点の位置ひとつで、涙を流しているのが、「彼」なのか「友人」なのか違ってくる。文法にかかわりをもつ。

このごろ句読点を多くつけようとしている人がふえたのだろうか。「外山滋比古様。」という宛名の手紙を別々の未知の人から、二度ももらって、そのたびに、ぎょっとする。

新聞の広告などで、見出しのことばにマルをつけるのが定着しようとしている。句読点好きの人間が多くなったのを反映しているのだろう。

語尾の処理

「なお、原稿は〝である〟体でお願いします」

こういうただし書きのついた原稿依頼にときどきお目にかかる。〝です・ます〟で書かないでくれというのだ。日本語の文章は〝である〟体と〝です・ます〟体に二分される。中間に〝だ〟体があるが、これは〝である〟にふくまれよう。以前、〝です・ます〟体がちょっとした話題になった。国立国語研究所の野元菊雄氏が学術論文でも

〝です・ます〟体で書くとのべたのがきっかけだった。

最近、〝です・ます〟の文章がふえてきてはいるが、論文ではまだ珍しい。適当ではないと感じる人もすくなくなくて、野元氏の主張はにぎやかな反響があったようだ。

学術講演では〝です・ます〟と言っている。〝である〟などと力む人はない。それなら論文も〝です・ます〟でいいではないか。そうすれば言文一致へ一歩近づくことにもなる、というのが野元氏だった。

ことばは習慣の問題だから、急に変えるのはむずかしい。ただ、すこしずつは変わっている。

たとえば、新聞の文章では〝である〟がだんだんすくなくなってきた。いまは〝だ〟が普通だと言われる。

――大きな計画になりそうだ。
――混乱を巻き起すことは確実だ。
――目に見えないプラスになっているようだ。

しかし、実際に新聞に当ってみると、〝だ〟で終っている文は思いのほかすくない。ある日の社会面のトップ記事で文末語尾だけをひろってみると、

――（体言）。――（体言）。――でもある。――（体言）。――完成させた。――危険がある。――確認した。――着いた。――させたもの。――させている。――少なくなる。――なっている。――になる。――考えられる。――問い合わせがきている。

〝だ〟は一度もあらわれない。もちろん、〝である〟もない（〝でもあ

る〟はあるが）。どちらにもきめつけるような響きがあるのがきらわれるのか。他方、名詞で終る体言止めが目立つ。

新聞文体は新しい語尾を模索しているように見受けられる。捨てられたはずの〝である〟が改まった記事ではかなりしばしば出てくる。

社説にはよくあらわれるし、第一面トップの記事でも珍しくない。なかなかしぶといところを見せている。あるいは、またすこし盛り返してきているのであろうか。

外国劇を翻訳している人が口をそろえて語尾の処理に苦労するという。

日本語のセンテンスは動詞で終るからどうしても語尾が単調になる。

いかにして変化をつけるか。それが訳者の腕の見せどころ、となる。そういうことは何も芝居の翻訳に限ったことではない。普通の文章でも同じ語尾がつづいては、目ざわり、耳ざわりである。

何とかして、変化に富んだものにしようと書き手は心をくだく。読んで調子のよい文章はたいていこの語尾の変奏がうまく行っている。〝終りよければすべてよし〟か。

文末の多彩さということから見ると、関西のことばの方が東京のことばに比べて、一日の長があるのではなかろうか。

関西の人の加わっている座談会の記事を読んでもよくそう思う。

はじめか終りか

われわれ日本人の耳はどうもはじめに弱いようだ。ひとの話を聞くときも、最初は半ばぼんやりしている。話が進むにつれてだんだん気を入れて聞くようになる。冒頭はさほど大事なことではなく、かんじんなことは終りのほうにあらわれるもの、とうすうす感じているのかもしれない。

講演会のあとの質疑応答の時間に、

「はじめの方はうっかりしてよく聞いていませんでしたが……」

などと前置きして質問を切り出す人がすくなくない。ほかの聴衆もそれを別に不思議だとも思わないのは、みんな同じように、はじめをよく聞いていないからだろう。

落語家はその辺のところを計算に入れて、はじめには本題と関係のない〝まくら〟をふる。聞いてもいいが、聞かなくてもたいしたことはない。そういうことに慣れると、ますますはじめをおろそかにする。

日本語ははじめチョロチョロ、終りパッパである。最初のところで、〝まくら〟をふり、遊び球を投げたりする落語が、終りへくると〝落ち〟〝下げ〟で一気に勝負をつける。あとの方へ行くほど重要性の高まる日本語の特性を落語ほどはっきり示しているものはすくない。△

型の構造である。

それに比べると、英語などは逆の▽型をしているように思われる。最初のところがきわめて大切で、そこで白か黒かは結着がつく。賛成なら、しょっぱなにイエスとやって、方向を決定してしまう。反対ならノー。ほかのことはあとまわしである。センテンス（文）をとってみても、疑問文なら疑問詞を頭へもってくる。あるいは主語と動詞の順をひっくり返して疑問文であることを文頭で明らかにする。仮定なら〝もし〟が頭へくる。

重心が文末にくる日本語ではそうはいかない。長々と話していて、終りの方へきて〝ならば〟があらわれたりする。するとそれまでがすべて仮定の話であったとわかる仕組みである。びっくりする。だから、はじめの方を軽んじることになるのだろう。

日本語と英語のこういう発想の違いがよく自覚されていないために、外国人とのやりとりで思いがけない誤解を生むのである。それは会話などだけではなく、本を読む場合にも見られる。

日本の読者は本のはじめにある〝はしがき〟とか〝序文〟をあまり重視しない。ざっと読む傾向がある。著者の方でも軽く書いていることが多い。本全体としても△型の構造になっている。大事なことは終りの方にあるという感じがはたらくのである。

ところが欧米の書物のイントロダクション（序論、序説）はしばしばその本でもっとも重要な部分である。そこをいい加減で読んでは全体がはっきりしなくなってしまう。▽型である。したがって、ヨーロッパには『……序論』とか『……序説』といった題名の本が存在する。いかに冒頭の部分を大切にするかは、これをもってしてもわかる。

〝まくら〟をふっている社会とはわけが違う。日本にも『序説』という本はあるが、△型の文化では序説が本論の代りをするほどには独立性がないということを頭に入れておく必要がある。

ひところ若い人が、

「結論から言うと……」

「結論的に言うと……」

などということで話し始める。日本にも▽型の発想が生れようとしているのかもしれない。

後記と奥付

訪ねてきた学生が裏口から入ろうとしたのを見とがめて、玄関へ廻れ、とひどくしかった老先生がいた。もちろん、裏口入学などを連想したのではない。大志をいだく男一匹、勝手口からこそこそ入ってくるとは何事か、という明治生れの人間の感覚である。

勝手口などというしゃれたものがあるからいけない。われわれの〝ウサギ小屋〟にはアパートやマンションと同じで、出入口はひとつしかないから、間違えなくていい。お屋敷にはわざわざ○○勝手口という表札を出して、世人を誤らしめないようにしているところもある。表玄関から入るのをためらった学生は小心な善人なのだろう。その昔、路面電車が走っていたころ、乗客には前口派と後口派とがあった。前の方から乗る人と後から乗る人とでは、どことなく人間のタイプが違う。前口派は行動的で、乗るとずんずん奥へ進むが、後口派は入口にへばりついたままでいる。先生の家の裏口から入った学生はたぶん後口派であろう。

雑誌の読者にはどういうものか後口派が多い。まず、編集後記を読む。雑録があれば、ついでにそれもつき合うが、そこまでで、さようならしてしまう。〝後記読者〟である。なぜ表へ廻って巻頭論文を読まぬか、としかりつける人もいないから気が楽だ。

外国の雑誌には編集後記に当るものがない。そういえば、本にも奥付がなくて、発行所や発行年月日は前扉の方についている。われわれから見ると、なんとなく尻切れトンボのような感じがする。しめくくりができていない。

なにごとも外国のまねの好きな国である。外国の本には奥付なんかないではないか。やめてしまえ、というので廃止するところがあらわれたと思ったら、たちまち広がった。ところがどっこい、読者が承知しない。後口派が思いのほかたくさんいたのだ。その声なき声に押されたのか、その後また奥付が復活した。

山本夏彦氏はみずから「古い本の『奥付』の読者だ」という。

「奥付を読むのは、私ひとりではないとみえ、版元は次第に力をいれるようになった」(『ダメの人』)。それは昔のことだが、また、ふたたびそういうことになるかもしれない。

知らないところから同人雑誌などが送られてくると、まず編集後記を読む。おもしろかったらほかの文章も見てもよい。おもしろくなければ縁のないものとあきらめる。そういう識別法を実行している人もある。

巻頭論文はカミシモをつけてしゃちこばっているが、後記はふだん着でくつろいでいて、親しみやすい。後口派はそこで茶のみ話でもきいた後でないと、上がってみようかという気をおこさない。

同人雑誌などだと、それがもっとも読まれるページだということも知らずに後記を書いていることがある。妙に固くなってもらっても困るが、しかたがないから書くといった調子の文章では後記読者の失望は大きい。

落語の〝まくら〟と〝さげ〟を見てもわかるように、日本のことばは、はじめより終りの方に重きをおく傾向がある。後記や奥付はそういう日本語の性格が顔をのぞかせた部分だと言えないこともない。

後記——この日本的なるもの。われわれは、それをこよなく愛する。

難解な法律のことば

先年、ある大学の文化祭の催に招かれて法学部の学生諸君に向って話すことになった。題目は〝法律とことば〟。あわてて六法全書を開いて、にわか勉強をした。

法律のことばがこれほど難解なものとは知らなかった。よくわからない。商売柄、学校教育法ならわかるだろうと思ってみる。大学の職員のことを規定しているところに、「教授は、学生を教授し、その研究を指導し、又は研究に従事する」(第五十八条⑤)とある。

まてよ、と考える。学生を教えたり、研究指導をしたりすれば、自分の研究はしなくてていいのか。知り合いの法学者にきくと、「又は……」以下は学生をもたない研究所教授のことだから、これでよいのだそうである。

素人《しろうと》がざっと目を通したくらいでわかってたまるか。法律の専門家にそう言って笑われそうだが、それにしてもひどい文章だ。もうすこし日本語らしくても法の尊厳は損われまいに。

ほんの一週間くらいのぞいていただけなのに、何だか頭が悪くなったような気がした。これを何年も何十年も勉強させられ、頭に入れていないと一人前になれないのだとすると、これは容易ならざることだ。

法科の人は冷たく威張っていておもしろくないと思っていたが、こういう苦役に堪えているのなら、少しは威張らせてあげてもいいと考えなおした。

戦後できた法律の表現が妙にごたごたしているのに比べ、戦前、ことに明治にできた漢文調の条文がかえってわかりやすい。ことに商法の文章がすぐれている感じだ。

法律のことばがこんなにわかりにくいのに、だれも問題にしないのはおかしい。そういう不満をいだいていたので、「日本語の刑法を書いてみたい」という法律家のいることを知ってうれしかった。

名検事として知られ、ついで弁護士で大学教授をした出射《いでい》義夫氏が、芳賀綏《やすし》氏との対談（『月刊ことば』昭和五十四年五月号）でこういうことを言っている。

「……なんとかして死ぬまでに日本語の刑法を書いてみたいんですよ。今のは、日本語の刑法のテキストなんていうのは、ドイツ語の翻訳ですわね。だから、日本人はわからないんですよ。難しいっていうのは、法律が難しいんじゃないんですよ。ドイツ語ぐらいが少しわかる者じゃなきゃ、あの文章はわからんですよ。それを日本語でわかる刑法、日本語による刑法を書いてみようと思って、まあ、それを念願にしておるんです……」

これは学生の読むテキストの話であるけれども、条文そのものも、もうすこし日本語らしくならないものだろうか。また、各法は起草者の文章感覚を反映しているように思われる。そのうち、〝文体から見た六法〞といった論文を書く人があらわれてもいい。

ずいぶん前のことになるが、うちのこどもが学校で、ちょっとしたけがをした。それを知った同僚のイギリス人が、学校を訴えるべきだ、と何度も言ってきかないのには閉口した。

われわれは、できれば法律や裁判所とはかかわりをもたずに暮したいと思っている。六法全書など一度も開かないで一生を過す人が大部分であろう。それがいい。小さなことでいちいち訴訟をおこすなどまっぴらだ。

だからと言って、法律にどんなことばが並んでいても構わぬということはあるまい。法律を日常生活に近づけるためにも、まず、ことばの問題を解決しなくてはなるまい。

電報の笑い話

昔、田舎の人が奮発して息子を東京の学校へ入れた。その息子が急ぎ用事で、くにのおやじのところへ電報を打った。受け取ったおやじさんがそれを見て、

「えらい学校へやったのに、まだ漢字が書けないのか。かなばかり使いおって……」

となげいたという話がある。電話が普及して、こういう話はピンと

こなくなった。
九州のおばあさんが、東京のアパートに住んでいる孫の学生のところへ毎朝、目覚し電話をかけてくるという例もある。呼び出しのベルがなる。目をさまして、受話器をとってすぐおろしてしまう。これだと通話にならず料金もいらないらしい。こういうことが行なわれる時代では電報はお祝いやおくやみ、でもない限り、お目にかかることもすくない。
昔は電報の読み違いのおもしろい話がいろいろあった。たとえば、有名なものに、
カネオクレタノム
というのがある。道楽学生が遊びすぎて金に困り、郷里の父親のと

ころへ電報を打った。父親には先入主がある。読みまちがって、さっそく返電を打った。

ダレガクレタカノムナ

やはり有名な読み違いの例に、こういうのもある。

ツマデキタカネオクレ

ある人が商用で旅行中であった。三重県の津まで来て、商売の都合で、金のいることができて電報を打った。受け取った人が、これを〝妻できた金送れ〟と解して大さわぎしたというのである。

こういうのは、お話だから、たいていはできすぎている。実際にあったことかどうかわからない。それでもおもしろければご愛嬌である。

シンダイケントリケス

は〝寝台券トリケス〟のつもりだが、受取人が〝死んだ行けん取消す〟と読み違えた。

クマモトニハコメソウトウアリ

これはまったくのつくりごとではなく、ちゃんとした根拠がある、とものの本に出ている。

昭和五年、熊本米穀取引所で立会停止の騒ぎがあった。その原因は実にたわいもないことで、神戸の米屋が熊本市中の残存米を電報で照会したところ、返電に「熊本にコメソウトウ（相当）あり」とあった。これを「米騒動」と読んでしまった神戸の米屋さんがさっそく売りに出て、取引所が混乱したというのである。それに比べると、

キヨコニゲタタノム

などはのんきだ。〃清子に下駄たのむ〃のつもりだったのが〃清子逃げた頼む〃となったもの。これはおそらく創作であろう。

電報にどうして読み違いが多いのか。昔はかなだけだからである。句読点がつかないからである。句読点がつかず、かなだけだと、日本語はたいへん読みにくいものになる。電報は字数を少なくしようと無理な言い方をするからよけいわかりにくい。

このごろは電報の笑い話こそすくなくなったが、普通の文章に漢字がへってきたために、電報文のような読み違いのおこる可能性が大きくなっている。

それをさけるためであろう。句読点が多くなった。英語などはいわばかなばかりである。読み違いしないように一語一語、分ち書きをしている。

ふみの友

法律のことばが日本語として熟していないということを書いたら、ある法律関係の出版社の幹部の方から、同感だというお手紙と、その方の対談の載っている雑誌を送っていただいた。すぐ、はがきの礼状を出す。しばらくして、出版業界紙にこの人のことが大きく紹介されているのを見た。お写真拝見しましたというだけだが、はがきを書く。数日して返事がきた。手術のために入院中でおはがきは会社から届けてもらったという文面。おどろいて、どうぞ一日も早くよくおなりになりますように、というお見舞のはがきを出す。なぜかたいへん親しい方のように感じられた。

こうして、まるでご縁のなかった人と手紙やはがきの淡交が始まる。人生のたのしみのひとつではなかろうか。何人かはそういう〝ふみの友〟がある。いちばんよく便りをもらうのは湘南に住む婦人で、薄手の和紙に十数枚の優雅な手紙が来たりする。返事はいらないとあるけれども、そう言われると、かえって、ひとこと何か言い送りたくなる。

福井のおじいさんも忘れたころはがきをよこす。一度東京へ行って会いたいと書いてあるが、会わない方がいいのである。船橋の女子高校生は彼女が小学一年生のときからのガールフレンドだが、暑中見舞と年賀状しかくれない。やはり会ったことはないが、会わないからこそ趣きもふかいのだと思っている。東京・板橋には毛筆のはがきをくれる人がいる。北九州からは歌をよむ人の便りがくる。いずれも未見の人たちだ。

これといった用はなくて、こういう手紙をもらうのが大好きである。電話口へ呼び出されて、知らない人から、ちょっと、おしゃべりがしたくなって……などと言われてはコトだが、はがきや手紙なら、まことに楽しいのだから、不思議と言うほかはない。

手紙を書くのは、文章の練習になる。学校でも、だれに読ませるのかわからないような作文を書かせるよりは、手紙を書かせた方がはるかに実際的ではないか。とりたてて用件らしいもののない手紙はもののを書く練習にもってこい。われわれは学校で手紙の作法についてまったく教えてもらわなかった。いまはそんなことはあるまいが、かと言って、たいして熱心でもなさそうだ。

こどものころ、おとなたちの候文の手紙を見て、早く大きくなって自分も書きたいと思った。ところが、大きくなってみたら候文は世の中から消えていた。それでいっそうあこがれる気持がつよいのかもしれない。候文の手紙をかわす相手があらわれないかと思う。もっともあらわれたら、本式の書き方を知らないから、あわてるにきまっている。

いまの手紙の文章は「です、ます」体である。日本語は言文一致ということになっているが、看板にいつわりあり。話すことばと書くことばの差ははっきりしている。その点手紙はいち早く言文一致を実践している。これはもっと注目されてよい。みんながせっせと手紙を書けば、案外近い将来に、本当の言文一致が可能になるかもしれない。文章の練習ということがひとつ。もうひとつは言文一致への近道。このふたつの面から学校の国語は手紙を重視すべきだろう。

携帯電話がいちばんの伝達手段になって、手紙を書くのはめんどうだという人が多いけれども、めんどうでない文化などがあるものではない。

中国に渡った和製漢語

だいぶ前だが、新聞に、中国の新華社通信の外電が小さくのってい
た。中国でさかんに使われた文化革命ということばの、文化も革命も、
実は日本製漢語で、それが漢字の母国である中国へ逆輸入されたもの
である、という記事であった。

中国へ和製漢語がたくさん輸出されていることを知らない日本人が
すくなくないから、親切な記事と言うべきだ。そういう逆輸出語が八

百にものぼるとしている。

例としてあがっていたのは、「場合」「経験」「集団」「文化」「改造」「革命」など。短い記事だから説明はなにもついていないが、明治以降に日本で生れたものばかりである。

友人鈴木修次君の『漢語と日本人』（みすず書房）という本のはじめのところに中国へ行った日本製漢語のことが出ている。

日本人が外国語の訳語としてくふうした「電信」「電話」「電報」が、「現在中国語においてもそのまま用いられている」という。テレビジョンには中国語として「電視」ということばがつくられた。

「思想」「文化」「文明」も中国へ渡った日本製漢語だが、もとは中国古典の中に見られるもので、日本人が、それらを借りて英語の訳語に当てたのだと、鈴木君の本に書いてある。

「文明」については、『易経』の「乾」の「文言」に、「天下文明」(天下文《あや》ありて明かなり)とあるが、中国の古典に造詣の深い日本人は、おそらくこの語を借りて、civilization あるいは enlightenment の訳語にあてた。

こういう日本語として、ほかに「文学」「経済」「教育」「社会」「進歩」「流行」「構造」「規則」などがある。

また、「階級」「共和」「主席」「封建」「労動(働)」なども中国の古典に出典をもってはいるが、いま使われている意味では日本から移入されたものとされているそうだ。

さらに、「共産主義」「唯物論」「主観」「客観」「代表」「主権」「独裁」などがみな「純粋な日本語としてくふうされたものであったが、中国語になった例である」としている。

いまの中国の社会にとって基本的語彙《ごい》の多くが日本製だというのだからおもしろい。

明治の日本人が中国へ輸出できるような漢語を生み出すことができたのは、彼等になみなみならぬ漢学の素養があったからである。

高田宏氏『言葉の海へ』には、大槻文彦の父、磐渓が漢学者であったのは、祖父の玄沢が、「洋書を訳するには文を能くしなければならぬからと、わが子に洋学を継がせるために漢学を学ばせたものであった」というところがある。すぐれた和製漢語がつくられた背後には、そういう学問の伝統のあったことを忘れてはなるまい。

漢字による卓越した造語力をもっていたからこそ、明治の洋学者、英学者は、外国語の名詞を漢字二字で訳出することに成功したのである。

戦後になって、カタカナの外来語がはんらんするようになったのは、漢字制限と日本人に漢学の素養がまるでなくなってしまったことと無関係ではあるまい。

校正畏るべし

あるとき書評の原稿に、この人は「天成のエッセイストなのであろう」と書いたところ、「天才のエッセイスト」と誤植されてしまい、後味の悪い思いをしたことがある。

書いた本人が校正をすれば誤植が絶滅できるかというと、そうでもないからやっかいだ。むしろ書いた当人の校正の方がミスが多い。意味をとって読むからだろうと言われている。校正というものは、よほどていねいに見たつもりでも誤植が残る。

そんなところから、「校正畏《おそ》るべし」ということばができた。論語にある「後生可畏《こうせいおそるべし》」をもじってこの句をこしらえたのは明治の文人ジャーナリスト福地桜痴ということになっている。

以来、ネコもシャクシも校正おそるべきものと決めてあやしまない。やはり漢文に、「魯魚《ろぎょ》、焉馬《えんば》、虚虎之誤《きょこのあやまり》」という文句がある。魯と魚のような字はとり違えて誤りになりやすいというのである。

陛下が階下になっていたり、明治大帝が明治犬帝だったりすれば、世が世なら、ただではすむまい。

「失敗は成功の基」が「失敗は成功の墓」になったり、「冀《こいねがい》上げます」が「糞上げます」、「大使」が「大便」、「尼僧」が「屁僧」、「王子」

が「玉子」に化けたりするから、誤植も愛嬌がある。

前にもふれたが、「読書」と「読者」、「著書」と「著者」もよく誤植になる。似たような音のためによけい、とり違えが多くなるのであろう。

はじめの「天成」が「天才」となったのもそうだが、原稿の読み違いが最後まで生き残って誤植になることがある。「引分の新記録」という珍見出しの記事、何だろうと思って読んでみると「31分の新記録」の誤りだった。

この同類の親玉は「訂正号外事件」である。明治三十二年五月、当時の読売新聞がロシア皇帝について書いた社説の中に「無能無智と称せられる露国皇帝」という一句があって大騒ぎになった。

社説の筆者は、「全能全智」と書いたのに、「全」のくずしが文選で「無」と読み違えられ、それがそのまま各関門をパス、印刷、配達されてしまったというもの。

ことは国際問題にもなりかねないとあって、空前の「訂正号外」発行となった。

電話で送稿する新聞にはおもしろい同音異字型の誤植があらわれる。「学校給食にお食事券」の正体は「学校給食に汚職事件」であった。これは戦前の例だが、「某はかねてから酒一升の持主として当局でも注目している人物」が、左傾思想の持主のことだったりする。

仮名もよく誤植のタネになる。婦徳を説いた一文の中に、「ゆするる心がけ」とあったらびっくりするだろう。「ゆずる心がけ」の誤り。

大論文の終りの「かかるが故に私は彼の説に反対したい」が「しない」になっていたらどうだ。

誤植の歴史上もっとも有名なのは何と言ってもかの姦淫聖書（*Adulterous Bible, 1632*）であろう。モーゼの十誡中、第七の「汝姦淫するなかれ」（Thou shalt not commit adultery）の「なかれ」（not）が落ちて、「姦淫すべし」となってしまったというのだ。

この聖書もちろん全部焼きすてを命ぜられたが、これまでに六冊も発見されている、という。

「お」と「ご」

ていねいに言うとき、名詞の上に「お」か「ご」をつける。どういうときに「お」がつき、どういうことばは「ご」にするか。これがなかなかむずかしい。よく失敗する。

一般的に言うと、訓読みのことばには「お」をつけて「お花」「お手紙」とし、「意見」「健康」のように音読みのことばには「ご」をつけて「ご意見」「ご健康」などとする。これがルールである。

そういうことを教わったばかりの中学生が先生に向って、

「もしご時間がありましたら、ちょっとお話をうかがいたいのですが……」

と言ったというエピソードがある。彼はルールを守ったのに、誤りになった。〝例外のないルールはない〟というが、「お」と「ご」のルールにも例外がたくさんあって始末が悪い。「時間」は音読みだが、「お時間」でなくてはならない。

こういう、音読みで「お」のつく例がどれくらいあるか、思いつくままに書き出してみたら、予想以上に多く、びっくりした。

(A)　お約束、お電話、お天気、お達者、お辞儀、お世辞、お世話、お中元、お歳暮、お写真、お加減、お食事、お医者（さん）、お客

（さま）、お百姓（さん）、お題目、お愛想……。

さがせばいくらでも出て来そうで、決して例外的ではない。このほかに、「お」「ご」のどちらもつく次のようなことばもある。

(B) お返事、ご返事。お祝儀、ご祝儀。お丈夫、ご丈夫。「お」のつくのは女性的だとする感じ方、「ご」の方が改まっていて、よりていねいだという受け取り方もある。

「酒」にも両方つくが、「お酒《さけ》」「ご酒《しゅ》」と読み方が音、訓に分れていてルール通りである。御一人様（おひとりさま――ごいちにんさま）も同じ。

女性のよく使う語には音読みでも「お」のつく例がすくなくない。

(C) お料理、お弁当、お茶わん、お稽古、お作法、お茶、お習字、お洋服、お帽子など。

(A)の中にあげたことばにも、この(C)の部類に入るものがかなりありそうだ。(B)の「お」もそうである。こういう「お」のつく言い方はそもそも幼稚園から始まったのだという説がある。

大正時代の終りごろから幼稚園では、何でも「お」をつけようという風潮があったという。「お絵かき」「お並び」「お始まり」「おハンカチ」などなど。

これに、なるべくていねいな言い方をしたいという女性の心理とが重なって、「お」が多くなる。「お砂糖」「おしょう油」「お紅茶」から、はては「お中華」まで飛び出す。訓読みのことばにつくのはもちろんで、「おいも」「おうどん」「お塩」などときりがない。

外来語には「ご」でなく「お」がつく。このルールには例外がなさそうだが、いちばん問題になるのもこのグループであろう。

(D) おビール、おジュース、おコーヒー、おケーキ、おデート、おトイレ。

いずれも女性的色彩がつよい。言語学者柴田武氏の主婦を対象にした調査結果によると、外来語には「お」はつきにくいとなっているのはおもしろい。この調査はさらに、「お」は帯のように「お」で始まる語にはつきにくい、長い語にはつきにくい、女性が日常あまり使わない語にはつきにくい、などの傾向を明らかにしていて有益である。

繰り返し

亡くなった三遊亭円生師匠が話のコツについて、こう言ったそうである。

「何でございます。この、同じことばを二度使いますってえと、どうもよろしくないようで……」

それをきいて、私は佐々木邦さんのことばを思い出した。佐々木さんが亡くなられてからもうかなりになるが、その〝ユーモア小説〟は、ふだんあまり本を読まないような人たちからも親しまれ、愛されたものだ。とりわけ文章のわかりやすいことで定評があった。

あるとき、用があって佐々木さんのところをたずねた私は、思い切ってうかがってみた。どうしたら、平明な文が書けるのでしょう。

「それはねえ、なるべく同じことばを繰り返さないことです。繰り返すと、わかりにくくなるようです」

おだやかだが、そのことばには、長年の修練に裏付けられた信念のようなものが感じられて、私は思わずひざにのせていた手のにぎりを固くしたことを覚えている。

それ以降、おりにふれてこのことばを思いおこして、心得としてきた。ただ、それは文章上のことだと考えていた。円生師匠によって、話にも同じことが言えるのを教えられたのである。書くも話すも、この点は変わりがないのであろう。

戦後、アメリカの英語教科書のつくり方が紹介された。いまははっきり覚えていないが、新しい単語が出てきたら、その課で三回、次の課で二回繰り返すようにせよ、といった指針があった。反復練習は語学習得の大原則である。未知の語が出てきたら、徹底的に教えこめ、というのは間違ってはいない。しかし、ムリヤリ何度も使おうとすれば文章は不自然にぎごちなくなる。それだけならまだしも、表現のいきおいが死んでしまう。

そうでなくてもおもしろくない英語の教科書が、これでいっそうつまらなくなったことは否定できないだろう。同じ単語の反復はその語の習熟には有効かもしれないが、他方では、全体をわかりにくい、むずかしいものに感じさせやすい。

たとえ、おもしろくなくとも、また、むずかしくなっても、ことばを教えるには、繰り返ししか手がないとするのがアメリカ式なのだろう。佐々木さんや円生師匠のことばを思い合わせると、ちょっと妙な気もする。

ところで、家庭の母親がこどもにいうことはきまっている。

「遊んでばかりいないで、勉強しなきゃだめじゃないの」

うるさいお母さんになると、朝から晩まで、日に何度、同じセリフを口にするかしれない。きかされるこどもの方では、はじめから聞く耳をもたない。いちいち心にとめていては、いくらこどもでも、身がもつまい。

ききめのないことはわかっている。それでも母親はやめることができない。因果な話で、こわれたレコードよろしく同じことを繰り返す。がまんし切れなくなったこどもが叫び出す。

「うるさいッ。お願いだから、だまっててよ。わかったよ。マンガ見なきゃいいんでしょ。テレビ見ちゃいけないんでしょ。勉強すりゃいいんでしょ。わかったから、だまってて」

それにしても、同じことばを繰り返すと、なぜよろしくないのか。そのところは「どうもよくわからないようで……」。

「の」のふしぎ

前項でふれた佐々木邦さんの、

「同じことばを繰り返さぬことですね」の続きである。

二度目には別の言い方を工夫する。すくなくともすぐあとへまったく同じ語を出すことは避ける。どういうわけか、同じことばが何度もあらわれると、難しい感じを与えるようだと、そんなことを話してくれた。おもしろいと思ったから、いまだに忘れない。

外国の文章でも気をつけていると、似たことにぶつかるのである。「……と言った」に相当する動詞はよく繰り返されて単調になりやすいが、「……と答えた」「……とたずねた」「……と叫んだ」「……と金切り声をあげた」などのバリエーションの表現を使っていることがすくなくない。日本人以上に同語の反復を嫌うのではあるまいか。

目で読んでいても、「市民の生活にも不安を招く悪質な犯罪もある」というような表現があると、「も」が目ざわりになる。声を出して読むと、いっそう耳ざわりである。

われわれがヨーロッパの人よりも同語同音の繰り返しに対して寛大？　なのは、読むのが視覚にかたよっていて、〝耳で読む〟度合いが小さいからであろう。いずれにしても、同じことばはもちろん、同じ音が繰り返されてもひっかかるのに、例外がひとつある。「の」。
こればかりは何度重ねて使っても、ほとんど抵抗がないことばだ。調べということに、もっともやかましい短歌においても、たたみ込むように何度も「の」が使われることがある。

湯のやどのよるのねむりはもみぢ葉の夢など見つつねむりけるかも　斎藤茂吉

ここには四回「の」が使われているが、うるさい感じはまったくしない。むしろ、それによって全体がなめらかな、ゆったりした流れのある調べになっている。

聞くところによると、短歌の作法のひとつに、「の」の使い方があって、相当重視されているということだ。ひょっとすると、日本的抒情にとって、「の」はかくれた支柱となってきたのではないか。そういう気もしてくる。

漢字を重ねることばの重苦しさをやわらげ、丸みを添える効果もある。昔から、全集、講座、シリーズものの通しの題名は漢字だけ並べるものときまっていた。その常識を破ってみせたのが「世界の歴史」「日本の歴史」（中央公論社）である。まん中に仮名が入ったことで、堅苦しい感じの世界史、日本史がどれだけ親しみやすいものになったか知れない。以後、「の」の入った出版物の名が多くなったのは偶然ではあるまい。

それでもなお、改まった名称はすべて漢字の行列である。それをすこしもおかしいと思っていないのだからおもしろい。私の勤めていた「お茶の水女子大学」には「の」が入っていて、いかにも女子大らしい。

何気なく使われている「の」だが、ばかにならない重要な役割を果していることがわかる。反復がまかり通るのも故なしとしない。

俳句の方でも「の」は愛用される。

七盛の墓の間の蟻の道　　乞合

というのはいかが？

主語はどこに？

「山路を登りながら、こう考えた。

智に働けば角が立つ。情に棹させば流される。意地を通せば窮屈だ。兎角に人の世は住みにくい」

夏目漱石『草枕』の有名な書き出し。「こう考えた」の主語がないが、作者にきまっている。主語を入れれば文章の調子がくるう。そのあと、第一人称の主語のない文章がいくらでも出てくる。第二章のは

じめは、

「『おい』と声を掛けたが返事がない」

英語だったら、ここで「私」を入れないわけにはいかないだろう。読んでいるうちに、『草枕』に作者の自称は出ないのかしら、という気がしてくる。しかし、主語はあるにはあった。そのひとつ、だいぶさきになって、「余」があらわれる。

「余はまず天狗巌を眺めて、次に婆さんを眺めて、三度目には半々に両方を見比べた」

それにしても、自称の主語がきわめてすくない。

〝アイ・ラブ・ユー〟(I love you)

これを「私はあなたを愛します」としたら日本語ではなくなる。まず主語がじゃまだ。言わなくても、わかる。「あなたを愛します」これでも日本語らしくない。「愛します」もおかしい。「愛しています」も落着かない。

「好き（です）」

これでやっと日本語らしくなる。〝原文忠実〟の翻訳が日本語離れするのは是非もないが、日本人は第一人称の代名詞はなるべく使わないようにしている。〝私〟をおそれているのかもしれない。文章の上で、私だの、ぼくだのは避けるようにする。

自称を使いたがらぬのは家族の間でことにいちじるしい。思春期の若ものので、親を前にして自分のことを何と言おうか、迷った経験のないものはすくない。家族のものを呼ぶのにも困る。お父さん、お母さん、○○ちゃん。第二人称代名詞はあまり使わない。〝あなた〟はもともと目上の人には用いない。「父よ、あなたは強かった」という歌が戦争中にはやったが、とんでもない語法だ。

息子がオヤジに改まった話をしなければならぬときがある。自分のことを何と言うか。まず、それが問題だ。ぼく、わたくし、わたし、おれ……いくつもあって始末が悪い。

ムニャムニャと切り出す。オヤジもオヤジ。ムニャムニャで応ずる。はじめからコンニャク問答のようになる。世代の断絶が言われて久しいが、親子に語り合うことばがない。対話をしたいのなら、〝われ〟と〝なんじ〟をしっかりさせなくては、どだい、話にならない。などというのは、日本人ばなれしているのかもしれない。

地方から東京へ出てきた大学生は、ことばに神経質になる。くにのことばを使っては笑われるだろう、というひけ目がある。友だち同士、相手をどういうふうに呼べばいいのか。〝君〟では女性に対して使うには強すぎる。〝あなた〟では柔らかすぎる。そこで、悩んだ末に省略する。

「こんどのゼミ出る？」

といった調子である。

未亡人

「荒城の月」の作詞で知られる詩人土井晩翠の姓はツチイである。ところが、世間ではドイバンスイで通っていた。いくらツチイだと言ってみても改まらない。とうとうご本人もあきらめて、ドイを認めたといわれる。

『日本文学小辞典』（新潮社）を見ると「つちい（どい）ばんすい」という読みが出ており、つづいて「姓は本来『つちい』だが、昭和七年ごろ長女照子の提案を容《い》れて、『どい』と改音、新聞公告で披露した。このことは随筆集『雨の降る日は天気が悪い』（昭九刊）の序にも明記してある」となっている。

『日本近代文学大事典』（講談社）にはつぎのような記載が見える。

「苗字土井の訓については、もと『つちい』であったが、昭和九年九月刊、随筆集『雨の降る日は天気が悪い』の序の終わりの署名にわざわざ『どゐ』とルビをふり、『附言』㈠として『私の姓を在来つちゐと発音して来たが選挙人名簿には〝ド〟の部にある。いろいろの理由でこれからどゐに改音することにした。特に知己諸君に之を言上する』と書いた」

　いろいろな理由の中でも、世間の慣用の影響が大きかったと思われる。似たことが姓でなく名に起っているのが、児童文学の小川未明。もともとはオガワビメイだった。ところが読者はミメイ、ミメイと呼んだ。ある出版社が、生前（昭和三十六年没）の未明に直接問い合わせたところ、ミメイでよろしいという返事だった、という。

この話、どこかに出ていないかと、すこし調べてみたが、見当らない。あるいは、おはなしかもしれないが、晩翠のついでに紹介しておく。

未の字をビと読むか、ミとするかは、「未亡人」についても問題になる。いまではみんなミボウジンと言っている。だから「古くは『びぼうじん』」とカッコつきで注をした『新明解国語辞典』は親切である。ほかの国語辞典は多く「寡婦。ごけ。びぼうじん」式で、これだと、ビボウジンと読んだということがはっきりしない。

ビボウジンと読めるだけではない。古くはその方が正しかった。漢和辞典にはビボウジンをさきにあげ、ミボウジンはあとになっている。未の字、漢音はビ、ミは呉音である。未亡人は漢音から、いつしか呉音に慣用が変わったということである。

ビボウジンでは、ちょっと聞いたとき、美貌人と思うおそれもある。ミボウジンの方が語感がよいということも手伝っているのかもしれない。未亡人などと言われると、いかにも死にそこないのようでおもしろくない。そのせいかどうか、近年、目にすることは少ない。

このごろ、企業内でよく使われるらしいことばに稟議（書）がある。一般にはリンギ（ショ）と言われているが、正しくはヒンギ（ショ）

である。うまれつき、天性の意の天稟も、テンリンと読まれることがすくなくないが、テンピンが正しい。もっとも稟にはリンの音があるから、リンギ、テンリンは許容されてよい慣用読みということになろうか。

おしゃべりのことを饒舌という。ジョウゼツが普通だが、ニョウゼツとも読む。これは誤りではない。ジョウは漢音、ニョウは呉音である。

消耗はショウコウが正しい。ショウモウは慣用読み。つくりの毛にひかれたのだろう。ヤマイコウモウと言う。これは膏肓を読み誤ったもの。肓を盲（モウ）と見誤った慣用と言われている。

漢字の読み方は難しい。あやしいと思ったら辞書をひくより手がない。

質問

　あるとき、菊池寛が、講演をしてきた若い友人に向って、どういう話をしたのかと聞いた。相手が、はじめから終りまで、一点の疑問も生じないような話をしたと答えたのに対して、菊池寛はこういう意味のことを言ったという。

「それはいけない。ちょっぴり、わからないことをまじえた方がおもしろくなる」

しるこに塩をひとつまみ。あるいは、美人のつけホクロのようなものか。そう思っていたが、このごろは、わざとわかりにくいことを混入するのも、聴衆へのサービスではないかと考えるようになった。あいまいな、わかりにくいところがあれば、聞き手は何だろうと興味を刺激される。

話のあとで、そこのところを衝いた質問をしてくれる人があれば、話をする側にとってこんなありがたいことはないだろう。しかし、なかなか、そううまくは行かない。話者と聴者の呼吸はなかなかかみ合わないものだ。（ここでは講演する人の話術の巧拙にはふれないことにする）

最近の講演には、たいていあとに質問の時間がもうけられる。午後一時から三時までとあるから、二時間の話かと思うと、そうではない。司会者が、「講師のお話を一時間半ほどうかがい、あと時間の許すかぎり、みなさまから質問をいただき、質疑応答にいたしたいと思います」などという。

そんなことを言われても、聴衆は面くらう。質問になれていない。ついこの間まで、講演のあとの質問の時間などなかったじゃないか。何ごとによらず、しつけないことはうまく行かないに決まっている。

どうかすると、まったく手の上がらないことがある。三十分も時間がとってあるから、司会者はやきもきするけれども、そうなると、よけい質問しにくくなるものだ。司会者にもうまく質問を引き出すコツも知らない人が多く、しかたがないから、時間前ですが、それではこれで終りにします、などと会をしめくくる。何となくアンコールのなかった音楽会みたいな気分である。

日本へ来たての外国人教師が、日本の学生はどうして質問しないのか。わかっているのかと思うと、わかっていない。それだのに黙っている。理解しがたいことだ、と不思議がるが、質問しては失礼だという気持がわれわれにはまだどこかに残っている。

三十分では長すぎる。次は五分か十分にしよう、となる。ところがそういうときに限って意地悪く続々質問が出る。司会者が、それではもうおひとりだけ質問をいただきます、といって端折る。こうして終った講演会はデザートを食べないで食事を終ったような片付かない気持である。どうも質問というのが難しい。

いちばんやっかいなのは、質問と称して立ち上がり、口を開くと、まるで関係のないことをしゃべり出す人だ。どうかすると、自分の講演をおっぱじめて、ハタが大迷惑をするということは考えないのである。老人の男性に多い。

日本では、まだ質問の伝統が浅いせいか、質問が質問らしくなっていない。質問にことよせて自己宣伝を敢行する勇ましい人さえいる。

学会などでも質問にならない質問が出る。所属と氏名を名乗るのが慣例だから、自己顕示欲を満足させ、ついでに出張旅費をもらったことへの義理を果す人があるらしい。

奥深いことばの世界は？

間のとり方

テレビの高校野球を見ていたら、無死の走者がふたりも出て、守備側はピンチにおちいった。すると、解説者が、投手の投球の間合いが、それまでにくらべて、ずっと短くなったことを指摘した。顔には出さないが、投手の動揺が、そういう微妙なテンポの変化にあらわれている、というのである。なるほどと思ってきいた。

上がったり、緊張すると、どうしても、間《ま》がもてなくなる。

これは野球の投球だけのことではない。邦楽、舞踊、演劇では、間をやかましく言う。休止の時間をくずすと、リズムがくるう。そうなると、とりかえしのつかないことになる。それで間の抜けることを警戒する。間抜け、と言えば、おろかなこと、おろかな人間の意味だ。

昔の人がいかに間を大切にしたかは、こういうことばひとつとってみてもわかる。それが明治になってからはすっかり忘れられた。

その昔、徳川夢声が『話術』という名著の中で、間のとり方がどんなにむずかしく、また重要なものかを力説したとき、人々はひどく新鮮なことのように思ったものである。

落語のうまい、へたも、間のとり方ひとつできまる。あるとき、まったくおなじはなしを名人とかけ出しとが語りくらべたことがあるそうだ。一字一句違わないことを話しているのに、まるで違う。どこがいちばん違うのか、というと、間のとり方だった、という。

ところで、その間について、定間《じようま》と半間《はんま》という新しいことばを知った。上方落語の評論家、三田純市氏がこうのべている。

「普通〝間〟というのは、たとえば二拍子なら二拍子で、強弱、強弱、というような〝間〟ですが、大阪の話芸の場合は、〝間〟が、そういう二拍子、四拍子、六拍子といった〝間〟ではなくて、一・五とでも表現するようなヘンな〝間〟がありまして、これを〝定間〟といわず、〝定間〟に対して〝半間〟といっております」(「上方芸能と上方落語」『落語入門』所収)

上方落語では、間をはずすことによって、間をつくる半間がしばしば生かされる。だいたい、大阪弁は東京にくらべると、間の種類も多いのではないかという三田氏の指摘は注目にあたいする。喜劇の藤山寛美はたいへん半間のうまい役者で、定間の続きすぎるのを嫌ったそうだ。あのどこかとぼけたようなおかしさは、半間のかもし出すものであろう。

半間は、辞書を見ると、邦楽で間が半分ずつずれるという意味から、そろわない半端、適当な間合いからずれること、動作などの間が抜けること、などをあらわすことばだとしてある。われわれには、定間すらろくにわかっていない。まして半間で効果をあげるなどという高等技術は夢にも考えたことがない。こういう間合いから、おもしろさや笑いが生れることを教えてくれる日本の修辞学がほしい。

話は別だが、漫画にも間が生きているという説がある。
「日本人の才能が遺憾《いかん》なく発揮される『線画』の世界、『漫画』もまさに『間』が生命で、とくに新聞の四コマ漫画は、『起・承・転・結』の『間』があり、一コマ一コマの意表をついた展開の『間』を楽しむ」（剣持武彦『「間」の日本文化』）
間抜け人間は困る。せいぜい間合いに気をつけたい。

パネルディスカッション

ある知らない会からパネルディスカッションに出てくれないかという電話である。きいてみると、二日間にわたって、十時間ぶっ続けでやるという壮大な計画らしい。ひとごとならおもしろそうだが、当人にしてみれば冗談ではない。言を左右にしてお断わりする。

いつごろからかはっきりしないが、戦後であることはまちがいない。何かというとシンポジウムとかパネルディスカッションが開かれるようになった。学会などでも、かならずと言ってよいほどプログラムに組まれていて、それがハイライトになる。（どうせ学会はお祭りのようなもの、にぎやかにやり合うものもあった方がいいし、もり上がる、という声もある）

これだけひんぱんに開かれているのだから、うまく運ばれてよさそうなものだが、そうではないからおもしろい。正直に言って、ひどく退屈なのである。

講師とか問題提起者というのが数人、壇上に並ぶ。脇に司会者が控えている。まず講師がひと通り自分の意見をのべる。時間は十分とか十五分ずつと決まっているのに、守られることがすくない。二十分も二十五分もしゃべる。次の人もまけずに二十五分、三十分と話す。これで、はじめから時間の予定はメチャクチャ。講師の発言が一巡したら、もう時間がないということすらある。

そんなことでどうする。そのために司会者がいるのではないか。やぼな人はそう言うだろう。そう行けば苦労はない。どうにもならないから司会者はヤキモキ、聴衆はイライラする。なぜ発言を制止できないのか、司会者に権威がないのだ。講師が先輩だったり、ときに大家だったりする。司会はしばしば若造がつとめる。どうして、「時間超過です。ここまでにしていただきます」などと言われようか。言えば、あとがこわい。ここは成り行きにまかせるに限る。そう考えて司会者は天井をにらみ、時の流れるのにまかせる。

ひどく勉強して臨む熱心な講師がいるのにも迷惑する。準備に新しく本を何冊も読んでくる。参加者はお説拝聴するより手がない。へたに質問すれば、とんでもない的外れの質問になってしまう。

はじめのパネルディスカッションをすすめてきた会の人も、〝お芝居〟のようなものですから……と言った。お芝居になればいい。いまのようなものをお芝居だと言っては、本当の芝居が泣くだろう。

だいいち、講師が事前にろくに打ち合わせもしていない。これでは、台本のない芝居をしようというようなものだ。自分のせりふはおぼろげながらわかっているが隣は何を言う人ぞ、では、お芝居になるわけがない。これまで何度か講師にひっぱり出されて、出てよかったと思ったことはかつてなし。

われわれには話し合っているうちに話が拡散してしまう悪い癖があ

るらしい。対話にしても、する前よりお互いの溝が大きくなって、ときとしては収拾すべからざる泥仕合になることもある。実のある話し合いの訓練がなくて、言いっ放しである。

つまり、われわれは外国のまねをして、シンポジウム、パネルディスカッションの形式はとり入れたが、精神を忘れているのだ。

そんなものに二日間、十時間もつき合わされては体がもたない。そう思って、ひらにご容赦願った。パネルディスカッションはこわい。

命令形

ある人が、俳句は五七五でまとめる詩であると説明したところ、それでは、

「この土手に登るべからず警視庁」

というのも俳句か、ときかれた、という話がある。

そんな俳句があってはたまらないが、これと五十歩百歩というのだったら、さがさなくても、いくらでもごろごろしている、という話を

きいたこともある。

それはともかく、このごろ、こういう「べからず」調の制札は姿を消してしまった。警察でもそういう調子ではものを言わない。昔でも、「べからず」では強すぎると考えたのか、あるいは、しもじもに意味がわからないといけないと気を回したのか、親切にも、「ここへのぼってはいけませんけいしちゃう」というルビがふってあったように思う。「べからず」はいばっていていけない。もっとていねいな言い方はないか。「この土手に登らぬこと」という妙な代用形をこしらえた。あるいは、「この土手を登らないでください」

まさか警察では使うまいが、よく見かけるのに、

「タバコはご遠慮ねがいます」

というのがある。「タバコを吸うな」とか「この土手に登るな」というような言い方は論外である。例外として、

「小便するな」

という札を出しているうちがあったが、いかにも下品だ。もうすこし婉曲《えんきょく》にというのだろうか。

「小便無用」

というのもあるが、これでは何のことかわからぬこどももがいるかもしれない。どうも命令形で伝えるのはやっかいだ。

そういう日本人から見ると、コマーシャルに命令形を使って、

「ドリンク・コカ・コーラ」（コカ・コーラを飲め）

とできる英語がふしぎに思えてしかたがない。日本なら「飲め」と

言われて「ハイ、ありがとう」と言う消費者はあるまい。「お飲みください」でも露骨すぎる。「いかが」がせいぜいだろう。日本の関係者が思い切って「スカッとさわやかコカ・コーラ」というキャッチ・フレーズをこしらえ「ドリンク・コカ・コーラ」をしりぞけた。

ほかの国々では、「ドリンク・コカ・コーラ」をその国のことばに訳して使っているらしい。日本は例外的だ。命令形がきらわれる。

ただ、歌の中は例外で、さかんに使用される。

「いのち短し恋せよおとめ……」

文語なら命令形に抵抗がないのだろう。口語では「行け」「止まれ」「食べよ」といった言い方は事実上、消滅しているといってよいのではあるまいか。

昔、学校で習ったことには「……に答えよ」だとか「について書け」という言い方があった。このごろは、そんな失礼なことはしない。「……を考えてみよう」「書いてみましょう」「答えはいくらになりますか」といった調子である。書くことばが話すことばに引かれてきたのか。

それにしても、いまの日本語が、どうしてこれほど命令形にてれいるのか、よくわからない。

死んだ比喩

ずいぶん昔のこと。ある東洋学の大家が講演の中でこんなことを言われた。ヨーロッパの文学にはケンランたる比喩があらわれるのに、東洋や日本の文学には比喩がすくない、なぜだろうか、というのである。

そんなことを考えてみたこともなかったわれわれは虚をつかれる思いをした。西洋の文学を勉強している人たちの間でも、しばらく話題になった。

これもやはりだいぶ前のことだが、〝物理的暴力〟という妙なことばが流行した。大学紛争で、学生が教師に暴行を加えるといったことがあった頃である。目に見えない暴力に対して、なぐるとか、けるというのが物理的暴力。

それはおかしい、と言う人が出てもよかったのに出なかった。暴力はもともと物理的な力を加えるものだ。それが精神苦痛を与えるものへ重心が移ってしまったから、ただ暴力と言ったのでは、なぐる、けるのことにならない。それでもとの意味をあらわすのに物理的暴力と言う必要がある。

似たようなことは〝運動〟についてもみられる。

「あの人はさかんに運動している」

と言うから、とんだり走ったりしているのかと思うと、運動ちがいで、選挙運動のことだったりする。運動家もスポーツマンではなく、主義主張などのために活動をしている人のことをさす。体を動かさないでクルマを乗りまわしている運動家、運動員もいる。

〝根回し〟ということがよく使われる。

事をうまくはこぶために、前もって話をつけておくことを言うのである。ところが、これは比喩であって、もとは、移植のために、木の周りを掘って、一部の根を切り落すことである。もとの意味を知らないで、このことばを使っている人もあるらしい。

日本語に比喩がすくないかどうかは別として、比喩が比喩であることを忘れて使われることが多いのはおもしろい。そういう比喩のことを〝死んだ比喩〟（デッド・メタファー）と呼ぶ。

日本の比喩は短命なのかもしれない。花のいのちのように、比喩は生れると、たちまち死んでしまう。それで、もとの意味がはっきりしないまま〝死んだ比喩〟を使うことがすくなくない。

先日、必要があって、いくつかの国語辞書で〝するどい〟という語をひき比べてみた。どれも、刃物などの先がとがっていて、よく切れるさまをいうといった説明をまず最初にあげている。そのあとに、頭や感覚がすぐれて、よく働くことをあらわす比喩の意味がつづく。

考えてみると、われわれは、刃物について、するどい、とはあまり言わなくなっているような気がする。それに〝するどい〟は、よく切れる、切れそうだとはすこし感じが違う。〝するどい〟と言えば、まず、舌鋒《ぜっぽう》、頭脳、観察などについての比喩の意味を思い浮べる。つまり、〝死んだ比喩〟の方が優先している。辞書はより多く使われる意味を先に出した方が親切だとするなら、さきのような語義提示の順序は変えた方がいいことになる。

われわれは〝死んだ比喩〟を好んで使う。それだけ早く比喩を殺すということか。

年上、年下というのも死んだ比喩である。

好きなことば

日本人の好きなことばを上位から五つあげると、第一位が「努力」とのこと。ついで「忍耐」「ありがとう」「誠実」「根性」の順になる。ずっと前だが、ＮＨＫが行なった全国調査の結果である。この五つのことばだけで回答者の四〇パーセントをこえるというから、いかに人気が集中しているかがわかる。

六位から十位までは「愛」「和」「思いやり」「友情」「信頼」「すみ

ません」(終りのふたつは同数で十位)。それ以下のところにも、「真心」「誠」「正直」「真実」「素直」「親切」など、道徳教育のお題目になりそうなものがずらりと並んでいる。(今はどうかわからないが、あまり変わりがないだろう)

これを見ると、日本人は、ずいぶんまじめなんだなあ、という印象を受ける。もっとも、それは表向きのことで、実は、好きなことばなんて考えたこともなかったという人が多いかもしれない。それにしても、こういうことばをテレもしないで好きだと言えるのだから、よほど石部金吉さんが多いのであろう。

他方、目をひくのは、「ありがとう」「すみません」の類である。ほかにも「おはよう」「はい」「ごめんなさい」「こんにちは」「そうですね」「いいえ」といったのがあがっている。「はい」はともかく「いいえ」が好きだというのはよくわからない。

好みが両極に二分されている。片や、きわめて抽象的、観念的な徳目の系列で、漢字が使われる。それに対して、他方では仮名書きの日常語で、こちらには道徳的意味はほとんど感じられない。

意味と内容を主にして好きなことばを選んだ人たちと、そういうことは考えず、日常使いなれて親しみを覚えていることばの中から選んだ人たちとのへだたりは大きい。

かつて、アーノルド・ベネットというイギリス人の書いた本で、英語のことばのうち、いちばん美しいのは、pavement（ペイヴメント、舗道）だとあったのを読んで、つよい印象を受けた。〝美しい〟というのが新鮮だったのである。(われわれには、どうして、ペイヴメントがそんなに美しいのか、もうひとつピンとこないが……)

さきのNHKの調査であがったことばを見るに、そういう音の響きのよさで選ばれたらしい語はほとんど見当たらない。

前に、女の子の名前をつけるときに、意味よりも音の原理によるようになったのではないかと書いたことがある。耳に快い響きを感じさせる名前をつけようとする傾向がいちじるしい。ところが、好きなことばでは、なお、意味の方が優勢である。

それと、これは調査結果へのコメントで石垣りん氏ものべていたことだが、「汗」とか「涙」といった具体的なことばが見られない。生活のにおいが乏しいのである。

ただ、健康で健全で、働きものであるらしいことはわかる。何となく優等生か愚直なサラリーマンのイメージが浮んでくる。ことわざ風のものでも「初心忘るべからず」だの「少年よ大志を抱け」がお好きである。まじめで、あまりにもまじめ……。

それではお前はどんなことばが好きか。そう言われてもとっさには出てこないが、しいてあげれば、「美しい」「さわやか」「すこし」「歩み」「(長い) 道」。

「モモタロウ」の解釈

「こどもは喜んで聞いてくれますけれど、オトギバナシって、話す方には、バカゲていて、ほんとにつまりませんね」

若いお母さんが、そんなことを言った。女性の教育水準が高くなったせいか、同じような気持をいだく人がふえているらしい。ときどきこれに近いことばを耳にする。

それは解釈のおもしろさを知らない人のせりふである。昔話、伝説には案外大きな含みがある。もともとどういう意味があったのか、いまとなってはたしかめるすべもないが、それだけに各人で考えてみるとおもしろい。思いがけない発見もある。おとなにとってもオトギバナシは結構たのしめるのである。

実例をお目にかける。

モモタロウの話を知らぬ人はあるまいから、この話を成人向きに解釈してみる。

まず、川から流れてきたモモから赤ちゃんの生れる点について。

いくら昔だって、木になるモモから人間が生れるなんて、本気に信じるわけがない。モモはモモでも、人間のモモだということにする。

そうすれば、モモから生れたモモタロウとは、おなかから生れた赤ちゃんというのと同じで、当り前のことになる。

なぜ川から流れてくるのか。悪く言えば、流れものの女であるが、ここではよそものということだろう。それを歓迎しなくてはいけない。なぜか。同じ部族の間だけで結婚していると近親結婚の害がおこるからだ。新しい血を入れよ、りっぱなこどもが生れる。それでおしゅうとさんが、遠いよそからお嫁さんを迎えてくる。つまり優生学の教訓をさりげなく伝えているのだ。モモタロウが健康優良児であるのはその裏付けになる。

成長してモモタロウは政治的才能を発揮する。イヌ、サル、キジはさしずめ部下の派閥だと考えてもいい。もともと互いに犬猿《けんえん》の間柄。つぶし合い、足の引っ張り合いに疲れはてている。これを統一するのがモモタロウの腕の見せどころというわけだ。個別交渉によって、サル、キジ、イヌからそれぞれモモタロウを親分にする約束をとりつける。三派が同じリーダーのもとで共存することになり、天下は平定された。

ただ、オレについて来いと言ったって、言うことをきくわけがない。キビダンゴをやる。黄色いところからキビダンゴだといわれるが小判の黄金《こがね》色をにおわせたのかもしれない。

もし、モモタロウがそれでいい気になり、大将風を吹かせていれば、英雄にはなれなかっただろう。いまや共通のボスをいただく三派閥である。いつなんどき連合して〝モモタロウおろし〟を画策しないとも限らない。犬猿の間だから、そんなことのあるはずはない、などと甘いことを考えていると、寝首をかかれる。

もとよりモモタロウに、その辺のぬかりのあろうはずはない。クーデターを封ずる手段として敵を外に求めたのである。鬼が島の征伐である。そういう大義名分、あるいは、大目標を掲げておけば、内輪もめなどしてはいられない。これでモモタロウ支配は安泰である。

このように考えてみると、〝荒唐無稽〟なオトギバナシが、おとなにも興味のもてる話に化ける。めいめいで自分の新解釈をたてるたのしみもある。いうまでもなく、ここで紹介したのは私の解釈でしかないが、はじめのお母さん、見直しました、と言った。

「フロート」

われわれ日本人は、どうしてこんなに難しいことばが好きなのだろうか。漢字を使って威厳を示したがる。戦後、〇〇センターというのがあらわれたのを例外として、官庁名はすべて漢字の行列。国民もそれをおかしいと思わない。

日本語では〝大臣〟はいかにも威張った感じだが、英語はミニスターとかセクレタリと言う。ミニスターには牧師、代理のほか、家来、召使い、という意味まである。セクレタリの方も、秘書、幹事の意味がある。英語の大臣はふんぞりかえってはいない。

その大臣で組織されるのが「内閣」で、これまた、はなはだいかめしい。英語ではキャビネット。「用だんす」「(レコード盤などを収納する)キャビネット」「(写真の)キャビネ判」などにも使われる。古くは「小さな私室」がキャビネットと呼ばれた。はじめそういう部屋で閣議に当るものが開かれたところから、内閣の意味が生れたのだと言われる。

一事が万事、というつもりはないが、外国の文物をとり入れるに際して、明治の人たちの頭には、表現上の権威主義ともいうべきものがあったように思われる。訳語が不必要に難解である。ひらがなの訳語はなくて、もっぱら漢字を使った。地名まで、倫敦《ロンドン》、伯林《ベルリン》、巴里《パリ》のように漢字表記にした。

明治の英学者には漢字の素養があったから、漢字による造語はお手のものだったのだろう。

そういう訳語を通じて見た外国のイメージがひどくいかめしいものになってしまったが、半面、いいこともないではない。西欧文化を曲りなりにも日本語へ訳すことができたのである。

明治から大学の講義が日本語で行なわれるようになったのも、そういう先人の努力のたまものである。

そのことをわれわれは忘れている。かつて東南アジアの人たちが、日本の大学は日本語で講義すると聞くとびっくりした。その話を聞いてこんどはこちらがおどろく。東南アジア諸国では大学の講義は英語で行なわれるのが普通である。

ところで、うまく落着きかねていることばもある。変動為替相場(制)。まず長すぎる。毎日のように新聞に出るようになっては、こんなものを使っていられるわけがない。いつの間にか、円高、円安にとって代られてしまった。

変動為替自体が世界的に見ても比較的近年になってからのことである。どこの国でも、それをあらわす適当なことばには苦労したに違いない。

もっとも簡単で気のきいたことばを発明したのはイギリスであろう。〝フロート(float)〟という語を使っている。〝波間に浮ぶ〟意味だから、通貨が他国の通貨に対して時々刻々、値が変わるのを言い表わして妙である。

しかも、このフロートがどこで初めて使われたかがはっきりしているのだからおもしろい。イギリスのオックスフォード大辞典の「補遺」に一九六五年九月三十日、日刊紙「ガーディアン」の使ったのが最初だと明記してある。

その後の用例がいくつかあがっている中に、「エコノミスト」(一九七〇年九月)の記事の「日本は名目上円をフロートさせているが、実質的には固定レートだ」というのもある。

われわれのマスコミも、やさしくて強力なことば、訳語をつくり出すくらいの才覚があってほしい。カタカナ語がはんらんするのは訳語

・造語能力の衰弱を物語るものだ、といってよい。

ふるさとのなまり

小学校や中学校の同窓会の出席が急によくなる年齢があるらしい。若いときにはさっぱり集らないのに、四十も半ばを越すと、それまで顔を見せたことのない男がひょっこりあらわれる。五十代になると、すこしは無理をしても出ようという気になる。それで同窓会はだんだんにぎやかさを増す。

そうなったら、もう老化現象さ、とひやかす若い人がいるが、そう軽べつしたものでもない。ゆとりができて、脚下照顧の気持がそなわってきた証拠だと考えることもできる。若いときに集ってみたところで、話すこともない。知った顔より知らない世間の方がおもしろいのである。それが、卒業三十年ともなれば、往時茫茫《おうじぼうぼう》として夢のよう。かすんだ記憶の中からいくらでも童話の世界がとび出してくる。それに味をしめると、これからは欠かさずに出席しようと思うのである。

暮にも郷里で中学のときの旧友二人と会って昔の話をして別れた。そのときはどういうものか、ふるさとの方言から何とも言えないぬくもりを感じた。

若いとき東京へ出てきて、いちばんの問題はいかにして東京ことばを早く身につけるかであった。田舎のことばなんか恥かしくて使えたものではない、と思った。それが、いつとはなしに消えたのであろう。暮にきいたくにの方言はむしろなつかしかった。やはり、年か。帰ってきてからも、ときどき、それを思い出し、いい本のあることに気がついた。親しい友人、永田友市君がひとりで作った『愛知のことば』（中部日本教育文化会発行）である。見ていると、いまはもう田舎でもあまりきかれなくなった、しかし、われわれのこどものときはよく使ったことばがいくつも出てくる。方言はどんどん亡びつつあるようだ。

愛知には、尾張と三河で違う二つの方言がある。著者は三河育ちで、東京の学校を出ると、帰ってずっと土地に住んでいる国文学者。三河のことばにかけてはこの人の右に出るものはなかろう。

この本の見返しに「三河方言見立番付」なるものが印刷してある。
その一部を紹介すると――
東方
横綱　のんほい（＝あのね）
大関　こんきい（＝疲れた）
関脇　けっこい（＝美しい）
小結　やっとかめ（＝久しぶり）
前頭　いくまい（＝行きましょう）
前頭　らんごく（＝乱雑）
西方
横綱　だちゃかん（＝だめだ）
大関　せんしょこき（＝おせっかい）
関脇　おとましい（＝もったいない）

小結　ちょごむ（＝しゃがむ）
前頭　ひしゃける（＝つぶれる）
前頭　ひずるい（＝まぶしい）

ふるさとの訛《なまり》なつかし
停車場《ていしゃば》の人ごみの中に
そを聴《き》きにゆく
啄木

いま都会にはそういう所もないから、本で郷里のひびきをしのぶのである。
〝やっとかめ〟八《や》、十日目《とうかめ》である。おもしろい味もある。

いろはがるた

このごろは正月になっても、〝いろはがるた〟をとって遊んだりするこどもはいなくなった。古くさい！　でしりぞけられてしまう。こどもも頭からバカにする。おとながバカにするからだ。

同じように昔からのかるたなのに、百人一首の方は、なお興味をもたれているのと好対照である。百人一首を解説した本はよく売れるという話もきく。

百人一首はよくて、なぜいろはがるたは、おもしろくないのだろうか。そこに現代の好みをうかがうこともできそうだ。百人一首は有名な歌人の作である。古典の教養を代表している。それにひきかえ、いろはがるたは、庶民の知恵である。そんなものを知っていても威張れない。

だいたい、学校教育を多く受けた人ほど、ことわざ、とか、たとえごと、などをさげすむ傾向がつよい。いわゆる教育は本を読むことで行なわれる。本に書いてないことは大切にしない。日本だけではなくて、どこの国でもそうらしく、こういう考えはむしろ欧米から渡来したのかもしれない。

日常の会話でも、何々という本にこう書いてある、とか、だれそれのことばにはこういうのがあるなどとやれば、えらそうに聞える。かつては、書巻の気がある、ペダンティックだといって嫌われたものだが、いまはこれがはやる。知的生活の時代だという。そういう人たちにとって、長屋のおかみさんが使ったようなことわざは、うとましい。低俗だと感じられるのだろう。

とらわれない目で見れば、ことわざほどおもしろいものは、すくない。いろはがるた、いろは四十七文字と〝京〟を頭文字にしたことわざを集めたものもある。

私は大きくなるまで、いろはがるたはひとつとばかり思い込んでいた。だから、実は三つあるのだと、知ったとき、おおげさに言えば、世の中がひっくりかえったようなおどろき方をした。以来、なぜ三つもあるのか、にこだわりつづけている。
私は江戸系かるたで育った。

い　犬も歩けば棒にあたる
ろ　論より証拠
は　花より団子《だんご》

これが京系かるたでは、

い　一寸《いっすん》先は闇（石の上にも三年）
ろ　論語読みの論語知らず
は　針の穴《あな》から天〔じょう〕のぞく

となる。大阪系かるたは――

い　一を聞いて十を知る

ろ　六十の三つ子

は　花より団子

いちばんおしまいの方をくらべてみると、

も　門前の小僧習わぬ経を読む（江）、餅は餅屋（京）、桃栗《ももくり》三年柿《かき》八年（大）

せ　背に腹はかえられぬ（急いては事を仕損じる）（江）、聖は道によりて賢し（せんちでまんじゅう）（京）、背戸《せと》が馬も相口《あいくち》（大）

す　粋《すい》は身を食う（江）、雀《すずめ》百まで踊忘れず（京）、墨に染まれば黒くなる（大）

京　京の夢、大阪の夢（江）、京に田舎あり（京）、（大阪はこれ

に当るものがない）

いろはがるたに三通りあるのは、なかなかおもしろい。

コケコッコー

「ものごとと、それをあらわすことばとの間には必然的な関係はない」

かつてある中学校国語検定教科書にのっていた私の文章の中に、こういう一節があった。この教科書を使っていた北海道の某中学校のクラス一同という差出名で、これは誤りであるときめつけた抗議が届いたから、さすがにおどろいた。前々から難しいというので教えている先生たちの評判がよくないとは聞いてはいたが、まさか生徒からもかみつかれるとは思ってもみなかった。

学校の国語は、こんな文章すらわからせないで、いったい何をしているのか。そのとき腹を立てたのは、こちらが若かったせいで、いまでは、わからなかった先生と生徒にむしろ同情的になっている。

もしも、〝ものごと〟とそれを表現する〝ことば〟の間に〝必然的な関係〟があるとすれば、同じものごとに対することばは同じにならなくてはいけなくなる。こどもを生むのが〝オヤ〟と呼ばれるなら、どこの国でも〝オヤ〟がその意味で通用するはずだ。それなら世界中のことばが一つになってしまって、現実に合わない。したがって、〝必然的な関係〟のないことがわかるのである。

言語が違えば、同じものをさすことばも違う。社会によって、それぞれ別の約束のもとにことばを使っているのである。偶然、似たような約束をしている言語があるからと言って、ことばとそれがあらわすものごととの間に切っても切れない関係があるように考えるのは正しくない。

ただ、いくらか縁があるように見えるのは、擬声語（オノマトペ）だ。北海道の中学生も、これを頭においたから、〝必然的な関係〟があるように思ったのだろう。ニワトリの鳴き声とコケコッコーということばの間には関係がある。すくなくとも自分を生んでくれた女性を〝ハハ〟と呼ぶのよりもはるかに縁が深いのははっきりしている。だからといって、ニワトリの鳴き声をあらわすにはほかにことばがないと考えてはいけない。英語ではニワトリはコッカドードルドー（cock-a-doodle-doo）となく。イギリスのニワトリが声がわりしたのではない。

日本の犬はワンワンとなくが、イギリスの犬はバウワウ（bowwow）だ。日本の鐘はゴーンゴーンだが、英語ではディン（グ）ドン（グ）（dingdong）である。

日本語が同じ音を重ねて、ワンワン、ゴーンゴーンとしているのに英語のオノマトペはバウワウ、ディン（グ）ドン（グ）と変奏《バリエーション》をつけている。オノマトペはことばによる絵のようなものだが、それでさえ決して万国共通ではない。本来なら、同じであってもおかしくないのが、こういうふうに違うのである。

オノマトペと言えば、かの草野心平の雄弁な蛙を思い出す。

りーりー　りりる　りりる　りっふっふっふ
りーりー　りりる　りりる　りっふっふっふ
　　りりんふ　ふけんく
　　ふけんく　けけっけ
けくっく　けくっく　けんさりりをる
けくっく　けくっく　けんさりりをる
　　びいだらら　びいだらら
　　びんびん　びがんく
　　びいだらら　びいだらら

びんびん　びがんく

（蛙「誕生祭」）

母国語

「日本人はもっと日本語を大切にしなくてはいけないのではありませんか」。日本へ来ている外国人からそう言って叱られている本がある。『ちょっと日本語で話してもいいですか』（ジャテック出版）、〝外国人による日本語弁論大会〟が二十周年を迎えた記念出版である。国際教育振興会の編。

大会に参加した人たちのスピーチが再録されているほか、過去の大会における優勝者のスピーチが回を追って収めてある。巻末はシンポジウム「外国人と日本語」である。

以下、過去の大会優勝者のスピーチを中心に、外国人の言い分を見ることにする。

やはり、風俗の違いで、いろいろな混乱がおこる。たとえば、マスクをかけて歩いている人を見て、アメリカのジェームス・マチソフ氏（第二回大会一位）は、日本には「放射能がまだ残っている」のか、と思い、金ボタン、セルロイドのカラーをつけた黒い制服の青年たちに会うと、「日本はいよいよ再軍備を始めたのだな」と考える。銭湯で、石鹸をつけたまま飛び込んで大目玉をくった、こともあるという。

カナダの外交官ブルース・L・バーネット氏（第二〇回大会）の話

はこうだ。自分の国では男はほとんど傘をささない、どしゃぶりでもレインコートだけだが、日本では傘が普及していて、男でもやたらにさしているからびっくりした。しかも日本人は背が低くて、ちょうど傘の骨の先がかれらの目に向って進んでくるから、恐怖を感じる。

もっとも多く論じられているのは、当然のことながら、日本語である。まず、漢字におどろく。ひどく難しい。しかし、やがて例外なく漢字礼賛者になるらしい。西ドイツのオスカ・テッパ氏（第三回大会）は「漢字は日本語の基本」だから、「（日本の）みなさん、漢字を大切にして下さい」と訴える。「合理化に熱中するあまり、何ものにもかえがたい貴重な伝統を失ってしまうのは、もったいないことです。どうぞ私たち西洋人のもっていない深い日本独特の文化がなくならないようにつとめて下さい」

とくに、外来語が多すぎる、という批判があちこち目につく。ネパールのギャヌ・ラザ・シュレスタ氏（第一一回大会）は外来語が入りすぎると「日本語がおかしくなる」という。

「世界第三の大国が、言葉では、なぜ変な真似をするのですか」ときびしい調子で迫っているのはヴェスワフ・ロマノフスキー氏（第一八回大会）である。

彼は祖国ポーランドのことを語る。ポーランドは過去において三度も分割の憂き目に遭った。ポーランド語は禁止され、学校や日常生活でもロシア語やドイツ語を使うよう強制された。それで国民の文化活動は死んだようになり、国全体が沈滞してしまった。

「言葉を殺すことにより国民性も自然に死ぬという事実を敵はよく知っていたのです。けれども、地下運動の形でポーランド人たちは、子供たちにポーランド語を教え、純母国語を守り抜きました。ポーランドが外部の力によって言葉を奪われて苦い経験をしたのに対して、日本人は自らの手で日本語を捨てていると言っては、失礼でしょうか」

ロマノフスキー氏のことばを、国破れてウン十年のわれわれは、かみしめてみる必要があるかもしれない。

名前の変更

ここ三十年くらいの間に、自分の住んでいる町名が変わってしまった人がずいぶんある。長年したしんできた町の名前が音もなく消えた。はじめのうちはあきらめてか、あきれてか、わからないが、黙っていた住民も、あとになるにつれて、おそまきながら、これは大変なことだと気がついたのであろう。町名変更反対の声があちらこちらであがるようになった。しかし、時すでに遅し、天下の形勢は決した観がある。

お役所が、これから町名を全国的に変えるというふれを出したとき、すかさず、それは困る、と応じた人もあったが、多くはぼんやり受け流していて、方々でどんどん変わり出してから、ようやくこれは由々しき大事だとさわぎ出したのである。

どうも日本人は固有名詞の変わることをそれほど気にしない傾向があるのではないかと思われる。固有名詞でいちばん大切なものと言えば、人の名前である。かつては、その名前をどんどん変えた。

松尾芭蕉の伝記を見ると、幼名は金作、半七、藤七郎、忠右衛門。のち甚七郎と改名、宗房と名のる、とある。さらに俳号は、はじめ宗房を用い、桃青を経て芭蕉。別号として、釣月軒、泊船堂、夭々軒、坐興庵など八つの名をもった。

武士なら幼名があり、ついで元服して別の名を名乗る。本名を呼ぶことをはばかるのであろうか、呼び名、通称、あざながある。

商人や芸人ならば先代の名を受けつぐ襲名ということをする。やくざにも襲名披露がある。伝統の名をまもって行こうとするわけだが、一方では、それまでの自分の名前をすてるのを惜しいとは思わない改名肯定の考えがあるのがおもしろい。

大企業がせっかくながい間かかって売り込んできた社名を惜気もなく捨てて、改称する。名前を変えることで生れ変わりの意味をもたせようとしているのかもしれない。

ひとりの人間が一生の間にいくつもの名前をもつ。いかにもおかしいことのようだが、名前で脱皮して成長しつづけようというのでもあろうか。それで思い合わされるのが出世魚。

成長の時期に応じて名前の変わる魚のこと、と辞書にある。

小さいときに、セイゴといわれたものが、すこし大きくなるとフッコ。さらに大きくなるとスズキ。名にだまされてセイゴとスズキは別の種類だと思っている人もある。

普通、ボラとよばれているのは、実は相当に出世してからの名前で、いちばんはじめはオボという。ついでイナに出世する。そのあとがボラ。そして最後はトドにとどめをさす。

もっと段階の多いのがブリ。これはいちばん出世した最後の名前である。はじめはツバス。つぎがハマチ、そして、イナダ、ワラサなどと変わって、ブリに至る。ハマチとブリが同じものの大小だといわれても、はじめはまごつく。

名の変わるのを出世と考えて、そういう魚を出世魚と呼び縁起を祝って食べる。それにちなんで言えば、人間だって土地だって呼び方を変えて出世させるのだ、と言えないことはない。

もっとも普通人の本名が軽々しく変わってはとんでもない混乱をおこすから、面倒な手続きがいることになっている。地名の方がさっさと変えられるのはおかしい。

読みにくい名前

何かというと、自分の名前にふりがなをつけさせられる。かつて、毎月雑誌を送ってくれるところから、コンピューターでどうとかするので、名前の読み方を教えてほしい、という電話が何度もかかってきたこともある。

そのたびに心の中で恐縮する。こちらが読みにくい名前を引きずっているからだ。

こどものころ、病気になって医者にかかるとき、いつも父が私の名前を受付に書きとってもらうのに苦労していた。保険証のない時代である。滋賀県の滋……、比べるの比、新しい古いの古い……などと説明するのだが、一度で通じたことはなかったようだ。

これも、もう昔のことになるが、ある女子大へ出講していた。そこの学生から年賀状が来て、先生の名前はいったい何と読むのですか、と書いてある。そのあとがいけない。読めませんから、私たち、ジビフルとお呼びしています。

下痢患者みたいで、正月早々、縁起でもないと、ゆううつになった。

そういう因果な名前をつけてもらったせいか、姓名について考えることが多い。そして、あるとき、男の名前が漢字になっているのは、見れども声にはしないためではないかという奇説を思いついた。女性の名にかなが多かったのは、呼ばれるのが愛嬌だったからであろう。近年は女性の名にも漢字が多くなった（呼ばない方がいいのかな）。

〝申しおくれて失礼しました。私の名はトヤマシゲヒコです〟

人名に限らず漢字の固有名詞は読めなくてもしかたがない。外国人が言った。日本人は大学を出ても地名が読めない。駅の名前をきいたら読み方を知らなかった。だから、駅に大きくかなで駅名が出ているのだろうか……。

放送でアナウンサーが地名を読み違えると、ものを知らないといって非難されるが、考えてみると、かわいそうだ。えらそうなことを言う人だって、知人へ出す手紙の宛先をすべて正しく読めるかどうか、怪しいものだ。何と読むのかと、そのたびに心もとなく思いながら書いている住所がだれにもある。

読めていないくせに、読み方に無関心なのもおもしろい。簡便な地名辞典があってもいいのに、ない。読めなくても用は足りている。ただ、電話をかけることが多くなると、書いておけばわかる、という手が通じなくなる。

前に名刺をもらった人に用ができた。勤め先へ電話する。森谷さんだから、モリヤさん、いらっしゃいますかときく。電話に出た人が、そんな人はいない、と言うから、あわてる。これはどうも新米らしい。そう思ったから、モリとタニと書くのだと説明したら、やっとつないでくれた。モリタニさんだったのである。

われわれはこういう混乱でずいぶん無駄な神経を使っている。そういう考えを推しすすめて行くと、漢字全廃説になる。漢字をかなにすれば、それでまた、別の不便がおこってくる。

漢字の読み方がいく通りもあるというのはたしかにやっかいである。それはその通りだが、それで悲鳴をあげるような人は、どういうことばでも不平を言うに違いない。

難訓の人名、地名にいためつけられているうちに、日本人の言語感覚はとぎすまされるのかもしれない。

その後、読みにくい名前をつけるのがいよいよ多くなっている。ウェブサイト「赤ちゃん命名辞典」によると、二〇一二年度のキラキラネームランキングには、希空（のあ）、永久恋愛（えくれあ）、宝冠

（てぃあら）などが人気ベスト・テンに入っている。読みにくいではなく、読めない名前ばかり。こういう名を一生背負っていくこどもたちのことを思わないではいられない。

雑談の妙

学校を出てすぐ勤めたところが、さっぱりおもしろくない。いっそのこと辞めようかと思っているとき、大学の友人、鈴木一雄くんが、なぐさめ、はげましのつもりか、勉強会をしようと言う。もうひとり同期の、鈴木修次くんを誘って〝三人会〟をつくった。月に一度、日曜の午前中、各人のうちをもちまわりの会場にして集まり、夕方まで、しゃべり合う〝勉強会〟である。

浮世ばなれした話に夢中になり、文字通り時を忘れる。夕食をとってしゃべり続けると、すぐ九時、十時になる。

月一回じゃ足りないと、二度したこともある。お互いに、この会で自分は進歩していると感じていたようである。とにかくおもしろい。俗事は一切、口にしない。ひとの名も出さない。もっぱら勉強の話をするのだが、つまり、おしゃべりである。

勤め先の大学が移転することになったのがきっかけで、三人はバラバラになった。ひとりは金沢、もうひとりは広島へ行ってしまった。それでも〝三人会〟をつぶしたくなかった。二人が上京するときに、ホテルで合宿、朝までしゃべったこともある。

いつも会ったあとは、勉強の熱が高まる。ひそかに競り合っていたのかもしれないが、たのしさに気をとられて、そんなことは意識しなかった。漢文の鈴木修次くんがいちばん猛烈に勉強したのはいいが、七十にもならないうちに亡くなってしまった。〝三人会〟は潰えた。

その後、鈴木一雄くんから、「論文を仕上げた。〝二人会〟になってしまったが、きいてくれないか」と言ってきた。彼は女子大学の学長をしていて、学界でも大家のひとりになっていたが、学位論文を書いたらしい。

雪もよいの寒い日、彼の学長室へ行って、「源氏物語の女性」の概略をきいた。そのあと二人で都心へ出て、二人会のおしゃべりを楽しんだ。これからの勉強をどうしようかと、ほかの人とはできない話をして別れた。

それから三カ月して彼は鬼籍に入った。ひとり残された複雑な気持を立て直すには、同じような会を新しく作るのがいちばん、と思いつくのにかなり時間がかかった。

やっと立ち上げた新しい会のメンバーは多彩である。前社長、現社長、不動産業の人、塾の経営者、茶道の家元など、職業が違うから、我田引水、自分のしていることを話せば、ほかはみな素人、感心してきいてくれる。トリなき里のコウモリ、と言うが、同業者のいないほど気楽なことはない。なんだか自分がえらくなったような錯覚をもち、自信もつく。家に帰ると快い疲労で若返ったような気がする。

同じことをしている人間だとこうはいかない。妙な自意識がつきまとう。こんなことを言っては笑われるのではないか。そんな気をまわしていると、親しい仲間でも、すこしも楽しくない。ささいな、どうでもいい問題をつついてさしさわりのないムダ話になる。気づかれする。

雑談会をおもしろくするには同じことをしている人がほかにない方がよい。おしゃべりに熱がこもる。自分が生き生きし、まわりもつられて元気を出す。

〝おしゃべりの会〟も、ひとつでは淋しい。次々に新しいのをこしらえる。

存分にしゃべると、ストレス解消になるらしい。〝おしゃべり会〟で忙しくなってから、このごろは年を逆にとっているかと思うことがあるくらいだ。

体はすこしずついうことをきかなくなってきたが、気のせいか頭のはたらきは、会をしているときなど、ふだんより調子がいいように思われる。たのしくて、頭にもいい、雑談の妙だ。

本書は、株式会社筑摩書房のご厚意により、ちくま文庫『おしゃべりの思想』を底本といたしました。

外山滋比古（とやま・しげひこ）

1923年生まれ。東京文理科大学英文学科卒業。『英語青年』編集長を経て、東京教育大学、お茶の水女子大学で教鞭を執る。お茶の水大学名誉教授。専攻の英文学に始まり、エディターシップ、思考、日本語論などの分野で、独創的な仕事を続けている。『思考の整理学』『「読み」の整理学』『知的創造のヒント』『アイディアのレッスン』『異本論』『日本語の作法』『忘却の整理学』『幼児教育でいちばん大切なこと——聞く力を育てる』など著書多数。

おしゃべりの思想

（大活字本シリーズ）

2018年11月20日発行（限定部数500部）

底　本　ちくま文庫『おしゃべりの思想』

定　価　（本体 2,900円＋税）

著　者　外山滋比古

発行者　並木　則康

発行所　社会福祉法人 埼玉福祉会

埼玉県新座市堀ノ内 3—7—31　〒352—0023

電話　048—481—2181

振替　00160—3—24404

印刷製本所　社会福祉法人 埼玉福祉会 印刷事業部

ISBN 978-4-86596-268-0